目次 Contents

honzuki no gekokujou
shisho ni narutameniha
shudan wo erandeiraremasen

《第五部　女神的化身X》卷首彩頁

《第五部　女神的化身XI》卷首彩頁

《第五部　女神的化身 X》封面

《第五部　女神的化身XI》封面

Junior 文庫《第二部　神殿的見習巫女6》封面

Junior 文庫《第二部　神殿的見習巫女7》封面

Junior文庫《第二部　神殿的見習巫女8》封面

Junior 文庫《第二部　神殿的見習巫女3》摺口插圖

Junior 文庫《第二部　神殿的見習巫女4》摺口插圖

Junior 文庫《第二部 神殿的見習巫女5》摺口插圖

Junior 文庫《第二部 神殿的見習巫女6》摺口插圖

Junior 文庫《第二部　神殿的見習巫女7》摺口插圖

Junior 文庫《第二部　神殿的見習巫女8》摺口插圖

2022《小書痴的下剋上》耶誕明信片

《小書痴的下剋上》廣播劇 9

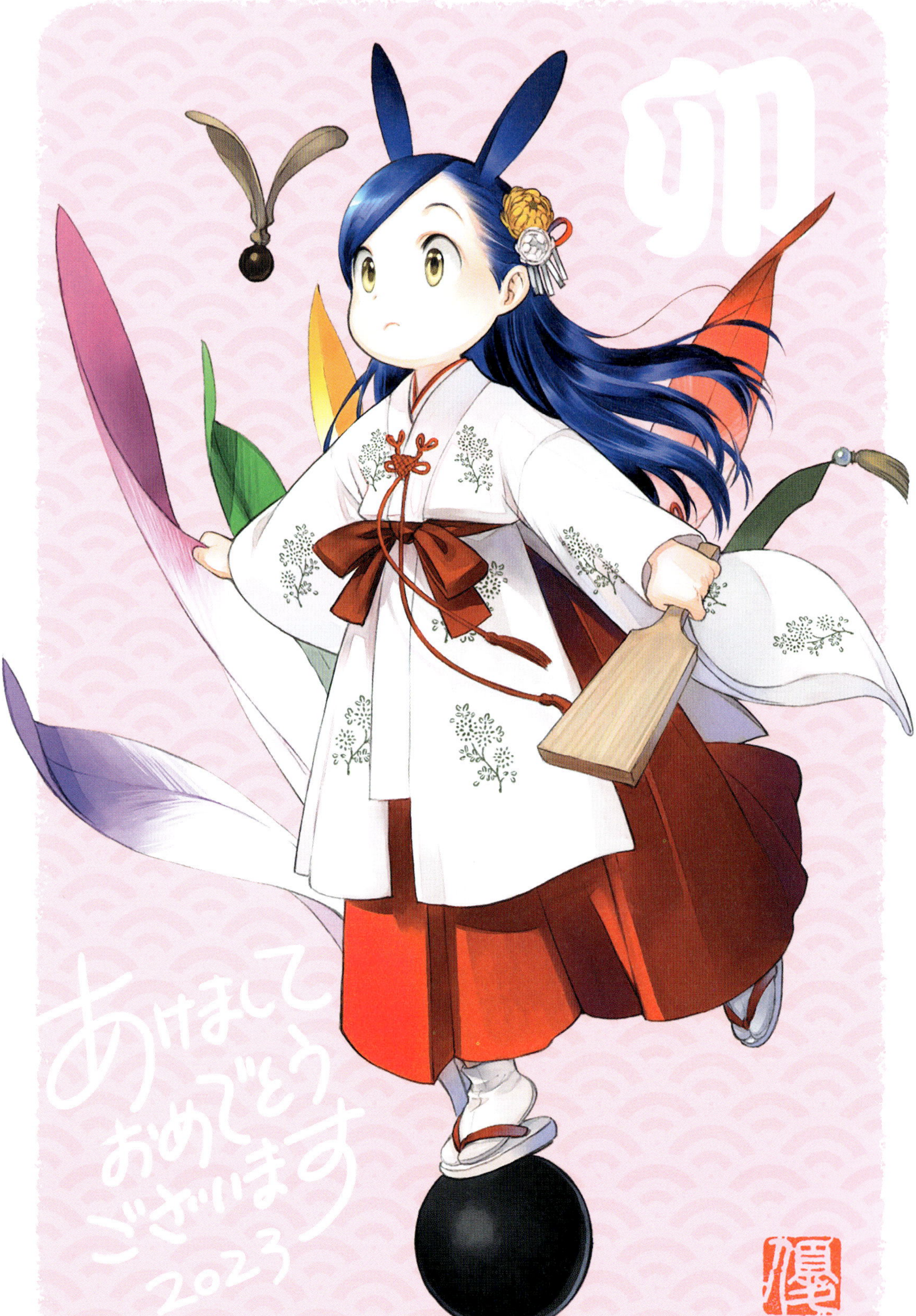
卯
あけまして
おめでとう
ございます
2023
優

2023　椎名優繪製賀年卡

《第五部　女神的化身X》卷首彩頁草稿

《第五部　女神的化身XI》卷首彩頁草稿

第五部　女神的化身 XI》封面草稿

《第五部　女神的化身 X》封面草稿

nior 文庫《第二部　神殿的見習巫女 7》封面草稿

Junior 文庫《第二部　神殿的見習巫女 6》封面草稿

Junior 文庫《第二部　神殿的見習巫女3》摺口插圖草稿

Junior 文庫《第二部　神殿的見習巫女 8》封面草稿

Junior 文庫《第二部　神殿的見習巫女5》摺口插圖草稿

Junior 文庫《第二部　神殿的見習巫女4》摺口插圖草稿

Junior 文庫《第二部　神殿的見習巫女7》摺口插圖草稿

Junior 文庫《第二部　神殿的見習巫女6》摺口插圖草稿

■22《小書痴的下剋上》耶誕明信片草稿

Junior 文庫《第二部　神殿的見習巫女8》摺口插圖草稿

《小書痴的下剋上》廣播劇 9 草稿

ズッ
遮出
那麼……
我與梅茵在半空中待命的時候，究竟發生了什麼事？
～FANBOOK 8 全新短篇～
番外篇
梅茵休息時的幕後插曲
漫畫：鈴華
現場看來可是慘不忍睹。
釋出的力量比我往常預期的還要多。
揮完劍後，地面就出現一個大窟窿了。

雖然我也毫無頭緒，但感覺像是有人從後面推了一把……
……是嘛。
我已對領地邊界施展了守護魔法，所以對土地並沒有造成損傷。
只不過……
在卡斯泰德的攻擊下，有魔力的兩個人已經灰飛煙滅。
攻擊馬車的農民同樣有半數已經死亡。
這些人全未持有艾倫菲斯特的登記證……
而是亞倫斯伯罕的領民。
現在正向抓到的其餘半數農民問話。
因為待在風盾內側的人好像都搞不清楚發生了什麼事。
那麼展開風盾的當事人呢？
我已讓她先行前往基貝的宅邸。
雖然魔力尚未恢復，但並沒有生命之憂。

但她想用風盾護住的對象，竟然是侍從們……
梅茵……
比我想像的還要危險。
這次她失控的魔力正好用對了地方，所以有驚無險，
但只要出了半點差錯，後果可是不堪設想。
……她一直以來的生活都不可能接觸到貴族，
所以既沒學過如何壓抑情感，
身為高魔力者也缺乏這方面的自覺。
在她年滿十歲被收為養女以前，得讓她學會這些事情才行。
呼……

……
你該不會又在打什麼歪主意了吧？
揮揮
我不知道你在說什麼。
光的鎖鏈只有一條還不夠嗎……？
咕噥
ボソ
你不要什麼事情都想插一腳，增加我們的工作量。
沒錯。
你有模有樣地待在自己的位置上就好。
齊爾維斯特，
畢竟你可是領主。

貴族的見習工作

香月美夜

「貝兒朵黛，那麻煩妳把餐具收下去了。」

在奧黛麗的指示下，我開始收拾羅潔梅茵大人用完午餐後的餐具。這時莉瑟蕾塔與哈特姆特走來，在羅潔梅茵大人面前放下藥水。

「羅潔梅茵大人，喝下這瓶藥水後，下午請先好好歇息。您的臉色有些蒼白。」

「可是不知道再過多久，喬琪娜大人就會攻打過來，我想要趁現在能多做一點是一點……」

羅潔梅茵大人曾在貴族院內離奇失蹤，接著以突然長大的模樣回來，所以仍能看出她還不習慣自己已經長大的身體。但是即便如此，她還是因為喬琪娜大人很有可能攻打過來，正為了艾倫菲斯特保衛戰在調合各式各樣的魔導具。

「但與其現在強打精神，之後卻昏睡上好幾天，還是先休息調養，更有助於效率的提升吧。而且今天上午因為在調合上消耗了不少魔力，我與克拉麗莎也會去休息。」

「羅潔梅茵大人，我也請您放下工作，去休息一下吧。」

曾聽姊姊大人說過羅潔梅茵大人有多麼容易病倒的我，也與哈特姆特一起請求。儘管羅潔梅茵大人本人表示：「我已經泡過兩次尤列汾藥水了，所以身體現在非常健康。」但這時的她臉上已有明顯的疲憊，即便是身體健康的人，我也覺得應該休息了。

「但就算看起來很有精神，羅潔梅茵大人有時候還是會突然失去意識吧？姊姊大人都告訴過我了，所以今天下午請您先好好歇息。」

姊姊大人因為與奧伯訂婚的關係，已經辭去了侍從的工作。那麼我必須代替不在這裡的姊姊大人堅持主張，讓羅潔梅茵大人去休息才行。

「知道了，我去休息。醒來後我再搖鈴鐺，在那之前大家也好好休息吧。」

聽到在場近侍們紛紛要求自己休息，羅潔梅茵大人這才一臉不情不願地拿起藥水。見狀，莉瑟蕾塔與谷麗媞亞都鬆了口氣，開始準備更衣。

我與奧黛麗也相視一笑，繼續收拾餐具。把用過的餐具都放到推車上後，往近侍室移動。近侍室在羅潔梅茵大人的房間裡面，近侍們會在這裡用餐、休息、處理瑣事，進行討論與分享收到的通知事項。

「貝兒朵黛，羅潔梅茵乖乖喝藥了嗎？」

柯尼留斯向我問道。因為羅潔梅茵大人若下午也要進行調和，他預計與她同行，所以進入近侍室先用了午餐。馬提亞斯與萊歐諾蕾也面帶憂心地看過來。

「嗯，她已經喝了喔。現在正準備休息。」

我一邊回答，一邊將推車推進近侍室裡的升降機並發動。這樣一來，推車就會送到在底樓工作的下人那裡。

「羅潔梅茵大人的餐具送回廚房以後，接著給近侍們的午餐就會送過來，我會趕快做好準備。」

說完，我為還未用餐的近侍們做起準備。

我們開始用餐後沒多久，一直守在床榻旁，親眼看著羅潔梅茵大人入睡的莉瑟蕾塔這才回到近侍室來。

「莉瑟蕾塔，羅潔梅茵大人還好嗎？」

「貝兒朵黛，妳不用太擔心。這次因為在羅潔梅茵大人病倒前就讓她躺下歇息了，藥水也發揮了作用，現在她睡得很沉呢。」

其他近侍看起來都習以為常的樣子，一派不慌不忙。但是，我成為羅潔梅茵大人的見習侍從到現在還沒過多少時間，所以無比在意寢室那邊的情況。

……再加上之前在貴族院，羅潔梅茵大人幾乎一直是下落不明嘛。

「明明我是為了成為羅潔梅茵大人的近侍而接受訓練，結果近侍中最不了解羅潔梅茵大人的人卻是我，也幾乎沒有服侍的機會。唯獨這點讓我覺得非常可惜。」

羅潔梅茵大人已經預計成為國王的養女，前往中央。由於我是在簽訂了魔法契約後才被告知此事，因此直到奧伯宣布以前，就連父親大人也不能透露。能夠跟著一同前往中央的近侍，也只有已經成年的人而已。才剛讀完一年級的我自然資格不符，所以已經敲定了以後要在成為奧伯第二夫人的姊姊大人身邊擔任侍從。

「貝兒朵黛是唯一一名專為羅潔梅茵大人接受訓練的近侍呢。想必她也覺得非常遺憾。」

「咦？只有貝兒朵黛而已嗎？可是像韋菲利特大人的近侍，從前都是薇羅妮卡大人在安排；夏綠蒂大人與麥西歐爾大人的近侍，也都是芙蘿洛翠亞大人在安排吧？這是為什麼呢？」

聽見奧黛麗這麼說，不光莉瑟蕾塔，萊瑟岡古一族以外的近侍們也大表意外。

一般領主的孩子出生後，母方親族或母親所重用的近侍，便會開始栽培有機會成為近侍的同世代孩童。當然也要顧及孩子之間是否合得來，所以並非絕對，但日後被招攬的可能性很高。聽說藉由這麼做，懂得母親所想的近侍便能在孩子搬到北邊別館以後，成為守護孩子的基石。然而，這種情況無法套用在羅潔梅茵大人身上。

「因為羅潔梅茵是養女啊。她從小在神殿長大，連親族都不曉得她的存在，奧伯在收養之前也從來不曾四處打點過。況且她受洗後還不到一年的時間，就在尤列汾藥水裡睡了兩年，自然沒辦法為她栽培近侍。」

柯尼留斯這麼說明後，同樣是萊瑟岡古一族，曉得就連親族也不知道羅潔梅茵大人存在的我點一點頭。但是，莉瑟蕾塔卻一臉訝異地眨眨眼睛，朝我看來。

「哎呀？但我聽說布倫希爾德最一開始要接受訓練的時候，也是去拜託了艾薇拉大人。當時並不是為了要服侍羅潔梅茵大人嗎？」

以侍從為目標的人在受洗後，都必須去他人的宅邸，以侍從的身分接受至少一年以上的訓練。倘若沒能通過訓練，就不會被認可是見習侍從，也就無法在城堡或是基貝的宅邸這種公家場所擔任見習侍從。而姊姊大人當初最一開始接受訓練，也是在艾薇拉大人的宅邸。但是，當時她並不是為了成為羅潔梅茵大人的近侍。

「因為在布倫希爾德決定要去哪裡受訓時，羅潔梅茵要成為領主的養女這件事都還沒有發生呢。」

柯尼留斯微笑道。我聽說當年因為卡斯泰德大人的第三夫人過世了，羅潔梅茵大人便隱密地託給了神殿裡的斐迪南大人照顧。直到薇羅妮卡大人失勢之前，羅潔梅茵大人的處境都十分複雜，不曉得會遭到他人怎樣的利用，所以就連萊瑟岡古一族也不知道她的存在。

「至於羅潔梅茵要成為領主的養女這件事，我們還是在她洗禮儀式的一個月前才被告知，所以真的很突然。對萊瑟岡古一族來說，這項消息也像是忽然有奧多南茲從腳邊冒出來一樣。因此，沒能做好事前的準備也很正常吧？」

柯尼留斯沒有提及背後的各種內情，只是簡單說明了為何萊瑟岡古一族中，會沒有為羅潔梅茵大人所栽培的近侍。

「其實，我聽說姊姊大人私下原本是拜託了波尼法狄斯大人的第一夫人。但那位第一夫人在姊姊大人即將受洗前，就登上了通往遙遠高處的階梯吧？因此她才臨時改為拜託艾薇拉大人。並不是為了成為羅潔梅茵大人的近侍喔。」

「哎呀，原來是這麼一回事。」

「是啊。既然要服侍他人、接受訓練，當然會找地位比自己高的人家吧？身為祖先是領主一族的基貝．葛雷修的女兒，符合這項條件的人家實在不多，當時的薇羅妮卡大人又還沒失勢，姊姊大人可是傷透了腦筋呢。」

儘管我都只是聽說而已，從未親眼見過薇羅妮卡大人，連她長什麼樣子也不知道。

「布倫希爾德還來找我商量過，她說只要度過受訓這段時間，之後就可以形式上一邊在葛雷修擔任見習侍從，一邊接受下任基貝的教育，所以艾薇拉大人要是拒絕，希望能來我們家呢。」

萊歐諾蕾說完後，馬提亞斯以手支著下巴，凝視著半空像在回想什麼。

「在基貝的私人生活區域，應該都是由基貝的夫人負責培訓見習侍從。用不著向外尋求協助，直接在葛雷修接受訓練不行嗎？」

「因為是直系的親生女兒，難免被人懷疑有所偏袒，所以見習侍從基本上都規定要在其他人家受訓。而且提前了解自己家的做法到了其他人家就未必適用，這對往後的工作來說是有必要的吧？只不過，要是在最一開始接受訓練的地方表現不佳，也會對將來產生重大影響。畢竟到了親族女性嫁往的地方，很多事情都要麻煩對方。」

聽完奧黛麗的說明，勞倫斯發出感嘆。

「哦……因為騎士從一開始就能在自家的基貝騎士團內接受訓練，沒想到侍從居然不行，這我還是現在才知道。原來職務不同，會有這麼多意想不到的差異。」

勞倫斯說完，馬提亞斯也點點頭。我雖然了解有關見習侍從的各種規定，但關於見習騎士與見習文官，同樣並不了解。

「我聽說布倫希爾德大人曾接受過下任基貝的教育。」

不同於以親族身分有著密切往來的柯尼留斯與萊歐諾蕾，中級貴族羅德里希加上了敬稱，來稱呼成了奧伯未婚妻的姊姊大人。雖然這也是理所當然，卻讓我強烈意識到姊姊大人已不再是羅潔梅茵大人的近侍了，心裡忽然有些落寞。

……我並不討厭以後要服侍姊姊大人，只是本來很希望能與姊姊大人一起服侍羅潔梅茵大人。

之前在貴族院，能在姊姊大人的教導下一起服侍羅潔梅茵大人，讓我非常開心。從今往後儘管我們仍是姊妹，卻也多了一層主從關係。只有在奧伯與姊姊大人成婚前的這短暫時間裡，我還能夠不顧忌身分地與她自在相處。

「既然如此，為什麼布倫希爾德大人當初是選擇成為侍從，而不是文官？如果成為文官，就不需要到其他人家接受訓練，也能留在葛雷修接觸見習文官的工作……」

羅德里希提出自己的疑問後，萊歐諾蕾輕嘆口氣。

「布倫希爾德曾經說過，她會選擇成為侍從，是因為考慮到迫不得已時能夠遷往中央。她評估過了自己在文官與侍從這兩者之間，何者能取得更優秀的成績，最終判斷自己更適合成為侍從。因為要是成為文官，她不認為自己能夠拿出與赫思爾老師一樣優秀的成果。」

侍從被要求的工作內容，本質上無論是在上位領地還是在下位領地都一樣。但是，能夠得到中央任用的文官大多出自多雷凡赫，所以下位領地出身的文官除非成績非常出色，否則很難受到拔擢吧。

「如今因為薇羅妮卡大人已經失勢，所以萊瑟岡古的貴族在選擇貴族院課程時，不需要再假定自己必須遷往中央，但在當時這卻是理所當然的考量……」

萊歐諾蕾說完後，舊薇羅妮卡派出身的近侍們都露出了侷促不安的表情。因為這是他們從來也沒想過的理由吧。那段時期，基貝·葛雷修一族可謂是如履薄冰。

「不過，現在的孩子們不必再對未來感到悲觀，確實可以感受到時代變了呢。我那時候雖然也得小心翼翼，但前任奧伯過世以後，能夠制止薇羅妮卡大人的人更是不多，所以情況確實變得更加嚴重。」

同是萊瑟岡古一族的奧黛麗輕聲嘆息，對於姊姊大人在年幼時不得不作出的選擇寄予同情。

「奧黛麗，妳受洗那時候的情況也不好嗎？」

「是啊。因為在我即將受洗那時，卡斯泰德大人還是領主候補生，而薇羅妮卡大人為了喬琪娜大人，漸漸開始無所不用其極地排除萊瑟岡古一族。」

奧黛麗說，薇羅妮卡大人對於嫁予基貝·葛雷修的萊瑟岡古女性及其子女本就特別排斥，但直到那時候才發展成了開始攻擊與排除整個萊瑟岡古一族。

「那麼奧黛麗是在哪裡受訓的呢？波尼法狄斯大人的第一夫人那裡嗎？」

「不，我是在伊繆荷黛大人那裡接受訓練，然後一直到結婚前都在伊繆荷黛大人的宅邸裡服侍。那座宅邸正是現在羅潔梅茵大人的圖書館。」

「伊繆荷黛大人就是前任領主與波尼法狄斯大人的異母妹妹吧？」

我回想了奧伯族譜上的名字後，奧黛麗稱讚道：

「貝兒朵黛，妳很認真學習呢。伊繆荷黛大人因為是領主的異母妹妹，薇羅妮卡大人也不好對她出手；而且她是已經搬離城堡的領主一族，所以萊瑟岡古一族的近侍多聚集到她身邊去。伊繆荷黛大人曾說，她雖然無法招攬太多的新近侍，但如果是成婚後會辭去職務的女性應該不成問題，於是招攬了好幾名萊瑟岡古的女性為近侍。多虧於此，我才能夠過上比較平順安穩的生活。」

原來是伊繆荷黛大人與波尼法狄斯大人，默默從薇羅妮卡大人手中保護了萊瑟岡古一族。雖然我很常聽家人說起，當年薇羅妮卡大人是如何排擠冷落我們，卻很少耳聞領主一族又是如何保護我們，所以感覺十分新鮮。

「那麼，舊薇羅妮卡派的貴族應該沒有遭受過薇羅妮卡大人的妨礙吧？谷麗媞亞又是在哪裡接受訓練的呢？」

「雖然沒有妨礙，但她也不會特別關照基貝以外的中級貴族喔。我是在父親那邊的祖母大人身邊接受訓練。」

「哎呀，真是少見。一般為了避免有所偏袒，都會避開直系血親，送到其他親族那裡接受訓練吧？」

我聽說正是因為這樣，姊姊大人才為了尋找受訓的地方煞費苦心，所以偏頭表示不解。

……難道得在其他人家接受訓練這件事情，其實是薇羅妮卡大人對姊姊大人的刁難嗎？

「……那個，因為祖母大人非常嚴厲，父親大人大概也希望對方是非常了解我的人，才能放心把我送過去吧。」

「可是，谷麗媞亞這麼勤懇認真，應該不用為妳感到太過擔心吧……所以妳後來一直是在祖母那裡學習見習侍從的工作嗎？」

「是啊，有一陣子、是在那裡……」

我正對吞吞吐吐的谷麗媞亞感到納悶時，奧黛麗忽然微笑道：「谷麗媞亞太乖巧聽話了，她的父親與祖母想必是為此感到擔心吧。」接著把同樣的問題丟給莉瑟蕾塔。

「莉瑟蕾塔，那妳是在何處接受訓練的呢？」

「我有位姑婆曾在城堡工作過，引退之後會幫忙照顧親族的孩子們，所以當時是拜託了她。呵呵，其實姊姊大人也曾有一年半的時間接受過見習侍從的訓練喔。」

「咦？！安潔莉卡曾接受過見習侍從的訓練嗎？」

安潔莉卡做為護衛騎士深受羅潔梅茵大人的信賴，但我從不曉得她接受過見習侍從的訓練，因此大吃一驚。我怎麼也無法在腦海裡把安潔莉卡與侍從的工作連結起來。

「畢竟我們家是侍從家系，基本上都要求子女成為侍從。只是受訓過後，發現姊姊大人實在不適合成為見習侍從……」

「於是我選擇了成為騎士。第一次在城堡以騎士身分受訓時，我非常開心。」

對於安潔莉卡選擇了成為騎士，她的家人與親族似乎都大吃一驚，但也都接受了這確實比侍從更適合她。老實說，我完全想像不出安潔莉卡做騎士以外的工作。她能走在適合自己的道路上，真是太好了。

「安潔莉卡，那見習騎士的見習工作是怎麼開始的呢？和見習侍從一樣，需要到其他人家接受訓練嗎？」

「我只在城堡受訓過，沒有去過其他地方。」

然而安潔莉卡過於簡潔的回答，讓我聽得一頭霧水。我正感到困惑時，達穆爾開口說了：「安潔莉卡，妳這麼說沒人聽得懂吧。」他輕嘆口氣後，為我說明有關見習騎士的事情。

「騎士與侍從不同，見習期間都是在城堡或者基貝騎士團接受訓練，並不會為了接受訓練到其他人家去。只不過成年以後，所有人都要住進城堡的騎士宿舍，接受共通的新人教育。」

我們家也有葛雷修騎士團，占地內有著騎士的訓練場。但是受洗前，因為禁止我們進入有許多大人出入的公共空間，所以我一直是待在基貝的私人生活區域裡。接著受洗過後，我馬上就到艾薇拉大人的宅邸接受訓練了，所以並不清楚葛雷修騎士團的運作。大概是因為這樣，聽到騎士與侍從竟然有這麼多的差異，讓我覺得有趣極了。

「那見習騎士又是怎麼開始訓練的呢？在家人或親族的介紹下進入騎士團嗎？」

「只要到城堡的訓練場去，表明自己將在貴族院修習騎士課程，就可以正式參加訓練。或者表明自己還在煩惱要選哪個課程，就會讓你去體驗騎士的訓練過程，因此有些孩子會趁著冬季去兒童室的時候參加體驗。」

接著回答我疑問的是柯尼留斯。經他這麼一說，冬季待在兒童室時，確實偶爾會去騎士的訓練場活動身體。似乎有些孩子會趁著那時候找騎士商量。

「姊姊大人是在打雪仗的時候，有騎士過來遊說她喔。對不對，姊姊大人？」

「沒錯。有人過來說我的動作很快，很適合成為騎士，我當下第一次知道還有騎士這種職務。」

明明冬季在兒童室的時候，大家都會一邊交換情報，一邊討論就讀貴族院時要修習哪個課程，但安潔莉卡很顯然沒在聽別人說話。我真沒想到居然有貴族都到了去兒童室的年紀，卻還不曉得有騎士課程的存在。

「萊歐諾蕾，基貝騎士團的騎士訓練也和城堡差不多嗎？」

柯尼留斯接著問向萊歐諾蕾。她看向其他的見習騎士們，點一點頭。因為大家的出身都不一樣，柯尼留斯、安潔莉卡與達穆爾三人是貴族區出身的騎士，萊歐諾蕾是萊瑟岡古出身，馬提亞斯是格拉罕，勞倫斯是威圖爾，優蒂特是克倫伯格出身。

「整體來說差不多吧。只要前往基貝的宅邸，表明自己想以見習騎士的身分參加訓練，就有人會帶你去見基貝騎士團長。然後只要獲得許可，能夠出入訓練場，就是見習騎士了。」

「我因為父親大人是克倫伯格的騎士，所以是和他一起前往基貝的宅邸。在克倫伯格，只有去守境界門的時候可以看到國境門，所以騎士是非常受歡迎的職務喔。聽說奧伯還經常唉聲嘆氣，抱怨想當侍從的人太少了。萊歐諾蕾，那妳當初為什麼選擇成為騎士呢？」

優蒂特一臉興味盎然地問向萊歐諾蕾。姊姊大人曾經遭受薇羅妮卡大人刁難，吃了不少苦頭，那麼萊歐諾蕾身為基貝・萊瑟岡古的外甥女，肯定也相當不容易吧。我同樣好奇萊歐諾蕾的回答。

「萊瑟岡古因為有許多魔獸會破壞田地，所以比起文官，更需要有騎士加入。而且基貝一族中若沒有騎士，也會影響到騎士團的統率與發令調度，所以一般都建議一族中要有兩、三個人成為騎士。」

「這點我也一樣。在威圖爾，繼承人會為了處理公務成為文官，第二夫人與第三夫人的孩子則多成為騎士。格拉罕也是吧？」

「嗯……由於兩位兄長都成了文官，我便在父親大人的命令下成為騎士。」

面對勞倫斯還有其他舊薇羅妮卡派出身的近侍時，馬提亞斯會用平輩的語氣說話，但只要有萊瑟岡古的貴族在場，他說話就會變得拘謹。雖然我很佩服他做事細心認真，但相比起跟每一個人都能輕鬆自在攀談的勞倫斯，我曾覺得他有些難以接近。

……只不過，自從看到他那麼努力地開口邀請奧黛麗當他畢業儀式時的女伴，我就再也不覺得他難以接近了。

「其實，我總覺得馬提亞斯與萊歐諾蕾更適合成為文官……」

聽見勞倫斯這麼說，萊歐諾蕾無奈地微微一笑。

「倘若薇羅妮卡大人再早幾年失勢，我或許就會選擇成為文官了吧。但我畢竟是萊瑟岡古的直系，薇羅妮卡大人與她身邊的人都對我有很強的敵意，所以還是需要習武才能夠在被欺負時保護自己。再說了，我從小就不討厭活動身體。所以對當時的我來說，成為騎士是最妥當的選擇喔。」

……姊姊大人因為不擅長活動身體，所以從沒考慮過騎士這個選項呢。

察覺到了姊姊大人與萊歐諾蕾在選擇上的差異，我輕笑起來。接著，再看向在貴族區長大，同樣是萊瑟岡古一族的柯尼留斯與哈特姆特。

「那柯尼留斯與哈特姆特在選擇課程的時候，有受到薇羅妮卡大人的影響嗎？」

「當然有。因為我從小就看著家人慘遭薇羅妮卡大人擺布，所以甚至有過絕不能成為護衛騎士的念頭。就連要當羅潔梅茵的護衛騎士，也是因為當時薇羅妮卡大人已經失勢，然後又有母親大人的命令，否則我自己大概不會這麼選擇吧。」

柯尼留斯說他當時是無可奈何地接下護衛騎士這項職責，但現在則是出於自己的意願在保護妹妹。

「我倒是沒受什麼影響。因為父親大人是芙蘿洛翠亞大人的近侍。多半因為比較靠近齊爾維斯特大人的關係，薇羅妮卡大人也不便出手吧。反倒卡斯泰德大人明明是奧伯的首席護衛騎士，卻保護不了家人，這種情況比較奇怪。」

「因為我父親和你父親不一樣，並不是深謀遠慮的人。」

即便都是萊瑟岡古一族，但立場不同，情況也有很大的差異。自我懂事時起，薇羅妮卡大人就已經失勢了，所以只聽大家的描述並無法實際體會造成的影響。明明是一家人，卻常常有無法產生共鳴的時候，甚至偶爾會有被排除在外的感覺。

「話說回來，如果見習騎士是在各自表明意願以後開始訓練，那大家開始訓練的時間都不一樣吧？安潔莉卡還曾經接受過侍從的訓練，所以不是受洗後馬上就開始騎士的訓練囉？」

對於我的問題，達穆爾答道：「對，每個人都不一樣。」他說有人是受洗過後就開始訓練，也有人煩惱到了最後一刻，直到就讀貴族院前才決定要修習的課程。

「我本來想當文官，但後來覺得還是應該選擇與兄長不同的職務，所以轉換跑道成為騎士，也比較晚才開始訓練。我記得柯尼留斯剛受洗完，就到城堡來了吧？」

「我們家與其說是騎士家系，不如說是祖父大人都要求男孩子接受訓練。受洗前我就在家裡接受訓練了，受洗完後更是馬上就被帶到城堡的訓練場去。」

「真是羨慕。」「這種情況很特殊呢。」安潔莉卡與達穆爾的話聲剛好重疊。

「讓孩子接受訓練或許稱得上情況特殊，但我家因為有基貝騎士團的訓練場，所以母親大人總說我與其在宅邸裡跑來跑去，不如到外面去跑，然後把我丟到了訓練場去。所以我在受洗之前，就會有樣學樣地揮舞木棒，還會在騎士們跑步鍛鍊體力的時候跟在後面跑。對吧，馬提亞斯？」

「我跟你可不一樣。應該是你小時候太活潑好動，讓身邊的人傷透腦筋，又或是基貝・威圖爾家的情況比較特殊吧……一般來說，絕不會讓受洗前的孩子到屋外去。個人認為應該是勞倫斯家的情況特殊。」

馬提亞斯當即否定後，優蒂特一臉無措地來回看著持相反意見的兩個人。

「克倫伯格因為有很多小孩都嚮往成為騎士，所以每個人都曾在宅邸的庭院裡模仿騎士，揮舞木棒喔。勞倫斯只是因為生在基貝家，所以宅邸的庭院裡剛好有騎士的訓練場吧？」

「如果是外人止步的後院那倒還好，但一般基貝的孩子都會被嚴格叮囑，絕對不能進入有許多大人出入的公共空間，身邊也會有負責看顧的侍從。」

萊歐諾蕾接著說道，馬提亞斯則點了點頭。身為基貝・葛雷修的女兒，我也知道萊歐諾蕾與馬提亞斯說的才是常態，所以是勞倫斯家情況特殊。

「可是，就算成為見習騎士，但剛受洗時既沒有騎獸，也沒有思達普吧？那要如何進行訓練呢？文官只要有筆和木板就能做到基本的工作……」

菲里妮歪著頭表達疑惑後，達穆爾輕笑起來，說明了見習騎士的訓練內容。

「見習騎士訓練時，最重要的就是養成能夠長時間戰鬥的體力，以及學習如何操作武器。畢竟就算有了思達普，要是不知道武器怎麼使用，也就無法戰鬥。」

「在格拉罕騎士團還會一邊做基礎訓練，一邊被帶去參與農村和森林的魔獸討伐，實地接受訓練。見習生的第一份工作，就是學會如何解剖魔獸。」

「威圖爾因為與格拉罕相鄰，也經常一起訓練和討伐魔物。最棘手的，就是在領地邊界附近徘徊的魔獸。到底該亞倫斯伯罕的人去解決，還是艾倫菲斯特的人出馬，雙方經常互相推託，但有時候也會聯手一起討伐。」

似乎也是因為這樣，土地緊鄰領地邊界的基貝們才與亞倫斯伯罕有頻繁往來。

「基貝騎士團的首要之務，就是守護土地與土地上的居民。所以從這方面來看，與平民的往來互動和貴族區有很大的差異呢。」

萊歐諾蕾說完後，達穆爾像是陷入回想般看向遠方，附和道：「這我在為了印刷業前往各地時，已經親身體會過了。」

「正如萊歐諾蕾他們所說，我們直到成年前都不會離開貴族區。不過，我們也會在城堡的森林裡練習討伐弱小魔獸，或是在狩獵大會上跟著成年騎士負責輔佐，偶爾也有機會學習如何解剖。」

召集城堡騎士所舉行的秋季狩獵大會，目的是為了儲存冬季糧食，以及藉由討伐來削弱冬之主的力量。我之所以會知道，是因為在艾薇拉大人家受訓時曾經去參觀過。

然而，我完全不曉得在基貝所管理的土地上，到了秋天也會以基貝騎士團為中心討伐魔獸，並且把肉分給冬之館，關照居民。聽說是因為貴族們冬天都會到貴族區去，所以不需要在基貝的宅邸裡留下太多存糧。

「聽完萊歐諾蕾你們說的，我才發現自己幾乎不了解葛雷修當地的生活情況呢。」

「這是職務帶來的差異吧，妳不必放在心上。畢竟妳直到受洗前都不能離開基貝的私人生活區域，受洗後又馬上到了艾薇拉大人那裡接受訓練，不可能對葛雷修有多了解吧。想了解的話，從現在開始慢慢了解就行了。」

勞倫斯的安慰讓我的心情輕鬆許多。幸好有他每次都用輕快的語氣，開導我不必太過煩惱，所以我忍不住會想依賴勞倫斯。

「不管是城堡或基貝的騎士團，還是護衛騎士，工作上都有很大的差異呢。但侍從只是服侍的對象改變而已，工作內容主要還是照顧主人的生活起居，所以沒有什麼太大的區別。」

「但在城堡工作的侍從與領主一族的近侍，工作上還是有差異吧？像我們護衛騎士得時時跟在主人身邊，跟一般的騎士就有很大的不同……」

勞倫斯這麼表示，但我並不清楚在城堡工作的侍從要做哪些工作。有人曾在城堡工作過嗎？我環顧在場眾人，目光與莉瑟蕾塔相接。

「隸屬城堡的侍從雖然沒有明確的主人，但舉凡款待賓客、維持城堡整潔美觀、準備大規模的茶會與宴會等，這些都只是規模不同而已，工作內容實質上沒有什麼差異。另外像是冬季兒童室的監督工作，其實也和各自在家裡照顧小孩子一樣，所以就算沒有經驗，也能大概掌握到是什麼樣的工作。」

莉瑟蕾塔曾在城堡做過見習侍從的工作，為我這麼說明。奧黛麗同意道：「差異並沒有像文官和騎士那麼巨大呢。」

「菲里妮，那文官呢？隸屬城堡的文官和近侍果然也不一樣嗎？」

「……我因為一年級的時候就確定成為羅潔梅茵大人的近侍，所以並不清楚城堡裡的文官都做哪些工作。」

這麼一說，我也聽說過菲里妮在一年級的時候就被羅潔梅茵大人納為近侍了。菲里妮轉過臉龐求助，目光與她對上的哈特姆特便點一點頭。

「文官並不需要在城堡接受長期的訓練。而城堡裡的文官因為要處理領地整體的工作，又有人會以商量為名義丟來地方的棘手問題，所以需要相當專業的知識。但在基貝宅邸裡工作的文官，比起專業知識，更需要雜而廣泛的常識，才能應付大小瑣事。由於每塊土地重視的產業及處理方式都不一樣，因此普遍認為有貴族院提供共通的基本教育就足夠了。」

看樣子文官並沒有受訓期間。我歪了歪頭。

「那見習文官在進入貴族院之前，都在做什麼呢？決定當文官的時候，也和騎士一樣要去哪裡表明意願嗎？」

「只要在領授儀式之前，以書面提出申請就可以了。另外會有機會來城堡參觀，了解文官都負責哪些工作，但不需要接受長期的訓練。」

「文官讀完一年級以後，只要確認過具備基本的讀寫能力，就會在城堡或基貝的宅邸裡開始見習工作。在那之前，都是各自在家裡接受教育而已。倘若親族當中有文官，通常會去拜託對方指導自己，在這個方面倒是與侍從很類似。」

菲里妮與羅德里希分別為我說明。聽到見習文官在讀完一年級以後，才會正式開始見習的工作，這真是教我大吃一驚。情況根本完全不一樣。

「那菲里妮以前在家裡接受了怎樣的教育呢？」

「我只學了非常基本的讀寫與計算而已。因為父親大人說過，下級貴族不太能勝任會用到魔導具的工作，所以被分配到的多是文書工作。因此，為了能有工整的字跡書寫文件，我拚命地練習讀寫還有計算。再者我是下級貴族，也沒能接受什麼良好的教育。以文官身分給過我指導的，反倒是羅潔梅茵大人、哈特姆特與斐迪南大人。」

……接受過哈特姆特與斐迪南大人的指導？這樣聽起來，根本是受過非常嚴厲的教導嘛。

身為下級見習文官，菲里妮的能力卻有很高的評價，就是因為一直以來很努力跟上他們的教導吧。

「一切還是歸功於菲里妮認真聽取了父親的建議，並且努力實行吧。」

「哈特姆特，是你過獎了。我還曾經因為學不會怎麼計算大位數的數字，一開始老被斐迪南大人責罵呢。」

「這世上沒有任何見習生能輕易達到那位大人的要求。更何況，妳的字跡也工整到了能夠代寫回信。」

「因為我練字時參考了羅潔梅茵大人的筆跡。」

菲里妮說她以前練習讀寫，都是看著羅潔梅茵大人第一年到兒童室時寫下的文章。雖說父親曾給過建議，但她也只是老老實實地複習在兒童室裡學到的內容，所以對菲里妮來說，她在就讀貴族院之前的榜樣與指導者可以說是羅潔梅茵大人。

「但相比起羅德里希，我想菲里妮掌握到訣竅的速度快多了。羅德里希在開始見習工作之前，幾乎沒做過多少基礎練習吧？」

在哈特姆特的瞪視下，羅德里希整個人嚇得一縮。

「唔……是的。因為我一心只想著要把故事獻給羅潔梅茵大人，讓她納我為近侍，所以我既不擅長計算，字也寫得不漂亮，在城堡主要負責的工作就是收送文件。」

然而，一旦成為羅潔梅茵大人的近侍，不能只是寫故事而已。既要幫忙處理神殿公務，到了貴族院也要與他領進行共同研究。但羅德里希因為字寫得不漂亮，好像也不擅長寫邀請函與回信，所以哈特姆特經常為此對他嘮叨碎唸。

我不由得同情起羅德里希，決定趕快改變話題。

「對了，哈特姆特。你在成為羅潔梅茵大人的近侍前，在城堡都負責哪些工作呢？既然你是五年級才被納為近侍，在那之前應該都負責其他的工作吧？」

「我負責處理稅務與帳務。比如計算收穫祭期間從各地徵來的稅收，分配徵來的農作物給青衣神官，審核星結儀式與冬季社交界期間貴族們齊聚城堡所需的經費，以及騎士團呈報的經費等等……」

他說自己負責計算領地的各種財務收支。因為他的叔父曾說過，掌握金錢的流動，就能掌握領內整體的勢力關係，以及一個人在工作上的品行。

「另外我也曾努力學習，想在成年後成為徵稅官。徵稅官會陪同前往收穫祭，然後在農村舉行儀式時，負責管理平民的登記證。學習過程中累積到的經驗，還在我後來擔任神官長時多少派上了用場。人生真是凡事都難以預料。」

這正可謂是神的指引——哈特姆特如是說。但我老早就經由奧黛麗得知，哈特姆特其實是在羅潔梅茵大人的洗禮儀式上看到她給予的祝福後，才對儀式產生了興趣，又為了陪同羅潔梅茵大人前往收穫祭，開始以徵稅官為目標。

「原來艾倫菲斯特與戴肯弗爾格的情況差這麼多啊。」

「克拉麗莎，那在戴肯弗爾格又是怎樣的情況呢？」

真好奇他領是怎樣的情況。我往前傾身，認真聽克拉麗莎說話。

「在戴肯弗爾格，因為見習騎士太受歡迎了，所以受洗完的孩子們為了能夠修習騎士課程，都會參加選拔。若沒能通過選拔，就無法成為騎士。」

「咦？選拔？那克拉麗莎也參加了嗎？」

聽到這麼巨大的差異，我茫然地看著克拉麗莎。

「當然。但很可惜我沒有通過選拔，所以才無可奈何地改當見習文官。」

「妳的戰鬥能力幾乎與護衛騎士不相上下，竟然還落選了嗎？！」

優蒂特訝聲大叫，克拉麗莎則點點頭。

「因為我剛受洗那時候個頭還很小，旁人也都說我的體格不適合成為騎士。但是在戴肯弗爾格，落選以後仍持續進行著騎士強度訓練的人還不少，而這些人就被統稱為尚武的文官與尚武的侍從。我便是尚武的文官。」

克拉麗莎得意挺胸，表示因為自己是尚武的文官，也得到了斐迪南大人的認可，才能成為羅潔梅茵大人的近侍。

「為了能在事態緊急時作出應對，艾倫菲斯特也要求領主一族近侍中的文官與侍從必須接受訓練，所以是類似的情況嗎？」

「完全不一樣。如果真的想在緊急事態下還能迅速應對，那點程度的訓練根本不夠。」

克拉麗莎一臉不能苟同地立即回答，接著開始論述應該接受多少訓練才足夠。為了打斷，我改口問她有沒有考慮過成為戴肯弗爾格領主一族的近侍。既然她是上級貴族，應該也有這條路可走。

「我在戴肯弗爾格領內也算是相當尚武的文官，與藍斯特勞德大人還有漢娜蘿蕾大人都合不來，所以已被判定不適合成為近侍。在被列為藍斯特勞德大人的未婚妻候補人選時，也因為領主一族妻子的職責是鎮住那些過於熱愛迪塔的騎士，所以判定我並不適合。而且在城堡當見習文官的時候，最讓我開心的工作就是魔物的分布區域調查。」

「……那是基貝騎士團的工作吧。」馬提亞斯像是再也忍不住般脫口而出。

「在戴肯弗爾格這是文官的工作！」克拉麗莎搖頭否定。「順便告訴各位，文官負責的工作中，最不受歡迎的就是迪塔的經費管理人員。因為明明不能參加迪塔，卻還得幫那些為所欲為的騎士收拾善後。」

「呃，那個、也就是說，除了一般的財務與稅務外，你們還有負責計算迪塔經費的人員嗎？」

「沒錯，因為戴肯弗爾格會為迪塔另外編列預算。」

正當所有近侍都為戴肯弗爾格與艾倫菲斯特的差異而啞然失聲時，奧黛麗拍了拍手結束這個話題。

「羅潔梅茵大人差不多快醒來了，請大家各自去做準備吧。谷麗媞亞、莉瑟蕾塔，妳們兩人負責更衣。貝兒朵黛，這裡就交給妳收拾了。哈特姆特、克拉麗莎，魔力已經恢復了嗎？」

「這可是我們用來讓羅潔梅茵大人休息的藉口，當然已經恢復了。」

所有人不約而同動了起來。但與此同時，也都保持安靜，並且放輕了動作以免吵醒羅潔梅茵大人。

我將桌上的餐具全部收到推車上，接著推入升降機，按下鑲著魔石的按鈕啟動後，轉身離開近侍室。

在出發前往收穫祭的不久之前——
カリ 喀哩
カリ 喀哩
カリ 喀哩
～FANBOOK 8 全新短篇～
番外篇
羅潔梅茵與小刀
漫畫：波野涼
如果要讓羅潔梅茵在採集時使用……
考慮到她的屬性，應該選用這個原料吧。
沉重

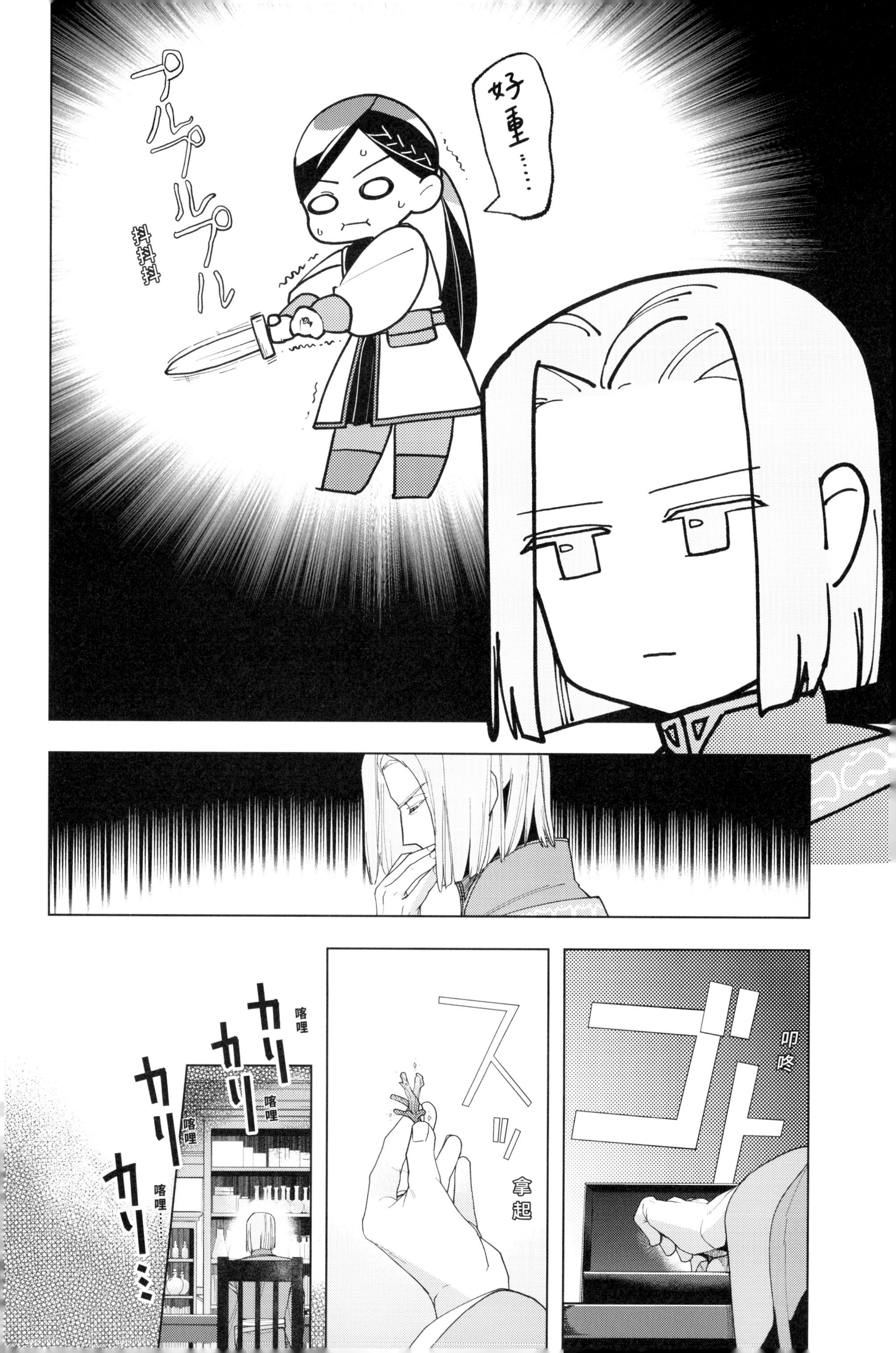

好重……
プルプルプル
抖抖抖
ゴト
叩咚
スッ
拿起
カリカリカリカリ……
喀哩
喀哩
喀哩
喀哩……

數日後——
羅潔梅茵大人，
神官長為您準備的物品送到了。
好輕！
拿起……
嗅嗅～
就連我單手也拿得動！
而且非常好握！
眞不愧是神官長準備的工具！
我要加油!!!

——對了。
我在平民區使用過的小刀，
對我來說雖然有些太大和太重……
但真是懷念呢……

《小書痴的下剋上》廣播劇8 配音觀摩報告

香月美夜

二〇二二年某日，廣播劇8的配音作業啟動。

這次不僅連著第五部Ⅷ、第五部Ⅸ都推出廣播劇，而且還都是雙ＣＤ組。提議的時候，責任編輯可是大吃一驚。

「咦？要連續兩集都推出廣播劇嗎？」

「因為像是格拉罕之戰與艾倫菲斯特保衛戰，我也想聽到聲優們的演繹嘛。廣播劇7的主要內容都在於斐迪南的營救，所以根本塞不下格拉罕之戰了吧？明明留在艾倫菲斯特的人們也在努力作戰，而且肯定有很多粉絲都想看到這些橋段改編成廣播劇。」

加上原著裡頭，接下來羅潔梅茵一行人就要追著蒂緹琳朵與雷昂齊歐前往中央，場景即將變換。一思及此，這可說是最後一次機會，讓留在艾倫菲斯特的人們能在廣播劇裡大展身手。

「嗯……如果從現在開始策劃，只要作好決定、著手準備，要製作不是不可能，但也會對香月老師造成很大的負擔喔。畢竟是連著兩集推出廣播劇，都得再寫新的特別短篇與配音觀摩報告。即便老師因為身體不適等情況，導致進度落後，那也只有配音觀摩報告可以省略，特別短篇絕對不行。可是若要再寫新的短篇，老師真的沒問題嗎？」

「……目前這樣聽起來，好像還可以。但要是再加上我一直在想的另一件事情，可能就不好說了？」

在我回想自己工作安排的時候，責任編輯忽然一臉憂心忡忡。

「請等一下，感覺好恐怖。我開始有種不祥的預感喔。」

「其實如果可以，我想再補充艾倫菲斯特保衛戰的內容。」

「咦咦?!所以除了艾倫菲斯特保衛戰，連廣播劇的特別短篇跟配音觀摩報告您都要寫嗎？這真的沒問題嗎?!」

從結論來說，結果是不可能。

原本該為了廣播劇劇本寫完的艾倫菲斯特保衛戰，卻因為我身體出了狀況而無法如期完成，於是無法完整收錄在劇本裡。雖然趕得及出版成書，卻配合不了廣播劇劇本的完成時間，實在是非常遺憾。唔唔唔唔……

由衷感謝編劇國澤老師，在我連大綱都還沒成形的時候，便精準地挑揀並摘錄了我那些破碎零散的臺詞。

於是乎，廣播劇8就在這麼魯莽的策劃下開始進行。

此次配音我也是全程在線上觀摩。坐在家中的書房裡，從頭到尾盯著iPad的螢幕。

這次因為也是雙ＣＤ組，所以錄製上花了不少時間，竟然長達整整五天。所有工作人員都辛苦了。

第一天錄音的有速水奬先生、折笠富美子小姐、三瓶由布子小姐、堀內賢雄先生、山下誠一郎先生、遠藤廣之先生、日野麻里小姐、衣川里佳小姐、岡井克升先生、渡井奏斗先生、廣瀨武央先生、狩野翔先生、島田高虎先生、千葉航平先生。

人數很多吧。當然這天錄音的時間也是最長的。

○速水奬先生

速水奬先生飾演的是斐迪南。

此次他的臺詞數量依舊驚人，但約莫只有上次的一半而已，所以說不定還稱得上少呢。

由於不用先聽之前的音檔，錄音從一開始就進行得很順利。

「第○頁的『艾克哈特，讓她安靜』，語氣請再強硬一點。」

「第×頁好像唸成『喬娜琪』了……」

「第△頁是不是唸成『豪斯赫崔』了？」

「第○頁因為是對著一大群人在說話，聲音請再洪亮一點。」

雖然有些細微的修改，但前篇的錄音一下就結束了。

「那麼接下來是後篇。」

「咦？」

「咦？……怎麼了嗎？」

「今天也要錄後篇嗎？我把後篇的劇本放在家裡了。」

因為上次是分成兩天錄前篇與後篇，所以速水先生似乎以為這次也一樣。這就是錄雙ＣＤ的壞處呢。後來是向工作人員借了後篇的劇本，為後篇配音。

「要先給你一點時間看劇本嗎？」

「我當然已經先看過了，所以不會花太久時間。」

正如本人所說，錄音很快就結束了。

錄音結束後再拍了照片、在簽名板上簽名，速水先生的任務便完成了。

○折笠富美子小姐

折笠富美子小姐飾演的是伊娃。

由於先為動畫配過音的關係，並沒有留下音檔。

她飾演伊娃的時候，聲音聽起來比動畫裡的年紀要大一些，於是就這麼開始錄音。

「老師，第○頁的西門不是唸『seimon』，而是『nishimon』吧？」

「咦？啊，是的。東西南北的各個大門分別唸作『higashimon』、『nishimon』、『minamimon』、『kitamon』。」

……對喔。原來西門也可以唸作「seimon」。

我從來沒有意識到這件事情，因此音響監督向我確認的時候還有些嚇一跳。

「第×頁這裡，達穆爾畢竟是貴族，所以請再表現得遲疑一點。」

大戰將至，擔心丈夫的伊娃將護身符託付給了達穆爾，這一幕非常動人。

伊娃的那份擔憂被完完整整地演繹了出來呢。

○三瓶由布子小姐

三瓶由布子小姐飾演的是喬琪娜。

這次喬琪娜的臺詞還不少喔。因為以前都只有兩句左右而已，感覺十分新鮮。

「不好意思，第○頁的旁白需要作大幅的修改。」

「咦？」

「因為喬琪娜從水道出來後，明明已經到了神殿內的孤兒院男舍旁，她卻一出水道就說『終於可以看見神殿了』。」

「啊，真的耶。這可不妙。」

幸好有發現。

接著大家集思廣益，討論該怎麼修改才最淺顯易懂，並且盡可能以最小的變動來讓前後劇情能夠連貫。

「還有這裡的臺詞，前半段可能改成旁白比較好。畢竟說明的句子擺在前面，感覺跟後半段搭不起來。」

「確實好像該斷開來，讓後半段的臺詞有情緒起伏就好。」

「老師，第○頁的我唸成『watashi』了。但角色是喬琪娜的話，應該唸『watakushi』才對吧？」

就像這樣一邊錄音，一邊作細微的修改。

其中有幕場景是齊爾維斯特因為喬琪娜下的毒而痛苦不已，而那一幕的喬琪娜教人印象深刻。

「好像太恐怖了點。這邊不該是充滿憎恨或陰沉灰暗的感覺，而是要強調出她的樂在其中。要有愉悅的感覺。」

「請表現出恍惚陶醉的感覺。」

最終看著痛苦不已的齊爾維斯特，喬琪娜表現出了令人發毛的愉快模樣。

○堀內賢雄先生

堀內賢雄先生飾演的是戈雷札姆。

動畫中他也飾演了戈雷札姆這個角色（但動畫裡只稱呼為格拉罕子爵）。

「啊，這次錄廣播劇，請依照角色在動畫裡的年紀再往上加六、七歲。」

請他根據動畫的配音調高角色的聲音年紀後，開始錄廣播劇。

「第○頁請先加入一聲『呵』的笑聲。」

「第×頁的領主一族請唸成一個單字。還有，他領的發音跟其他人不一樣。」

「第△頁雖然是在發怒沒錯，但請再沉著一點。我想要有語氣越來越激動的感覺。」

此外，「波尼法狄斯」這個名字還讓堀內先生陷入苦戰。他遲遲講不出來，在原地不停發出「唔唔」的沉吟聲，實在很可愛。還有跟音響監督的對話也是……

「第○頁是『平民／heimin』吧。你剛才唸成『平成／heisei』了。」

「真的嗎？沒有吧。」

「有喔。不然放給你聽吧？（笑）」

「不了，不必。」

兩人的一來一往非常逗趣，惹得控制室內笑聲連連。

但雖然對話這麼有趣，其實配音的內容很嚴肅。

敬請期待戈雷札姆與馬提亞斯的父子對決。

○山下誠一郎先生、遠藤廣之先生

山下誠一郎先生飾演的是柯尼留斯，遠藤廣之先生飾演的是羅德里希。除了這兩個角色外，兩位還飾演了不少路人角色，比如敵人、士兵與騎士等等。

先是聽過柯尼留斯與羅德里希的音檔，接著開始錄音。

「柯尼留斯．奧伯．亞倫斯伯罕的發音是不是有些不太對？」

「不好意思，第○頁『羅潔梅茵大人』的『大人』請去掉。」

「第×頁柯尼留斯的臺詞請再強硬或是果決一點。」

「第△頁的『斐迪南大人』聽起來很像是『飛迪南大人』。」

「不好意思，第〇頁的『往小熊貓巴士』請改為『由小熊貓巴士』。」

「第×頁有個地方需要修改。喬伊索塔克是地名不是人名，所以請改成『基貝』或者是『他』。還有夏綠蒂請加上敬稱，改成『夏綠蒂大人』。」

柯尼留斯因為一起上戰場的緣故，臺詞比較多一點；相比之下羅德里希只在慶功宴的場景出現而已，因此登場次數不多。每當這種時候，我總是忍不住心想，要是補充的部分有寫完，就可以增加羅德里希的登場次數了。個人相當喜歡到處去問人戰鬥感想的羅德里希。

錄完對話以後，接著錄了戰鬥時的動作聲、吆喝聲，還有吶喊等等。

「第〇頁的吶喊是由兩位最先錄製，所以能麻煩你們在開頭加上『預備』嗎？」

「知道了。」

由於山下先生是第一個錄戰場上的吶喊聲與吼叫聲的人，所以往後都會在他的帶頭下進行配音。遠藤先生也參加了騎士人聲的錄製。我一邊看著劇本，一邊挑出需要有角色提供吶喊聲的段落。

「第〇頁的吶喊聲請記得加入安潔莉卡與萊歐諾蕾，第×頁這邊則是請再加入漢娜蘿蕾。因為她就在旁邊。」

「了解。」

錄完各式各樣的咆哮後，接著是戰鬥期間的路人角色。

山下誠一郎先生負責的有敵軍騎士2、神殿騎士2與漢娜蘿蕾的護衛騎士。

遠藤廣之先生負責的有士兵7、亞倫斯伯罕貴族2、平民區指揮官、團長的部下與庫拉佩斯的侍從。

不知道聽得出聲優在扮演哪個路人角色的聽眾，可以聽出幾個人呢？順便告訴各位，我是一個也聽不出來。

路人角色中令我印象深刻的，就是遠藤先生飾演的亞倫斯伯罕貴族2。是一名在接受了哈特姆特等人的指導後，對羅潔梅茵心生崇拜的貴族。

「會不會太崇拜了？好像可以再正常一點？」

「畢竟這個場景裡頭還有哈特姆特，要是三個亞倫斯伯罕貴族都用這種語氣說話，實在讓人渾身不舒服。」

另外錄音期間，錄音師助理還曾出言提醒。

「啊，第×頁有個地方沒錄到。」

「咦？哪裡？」

大家不約而同翻開劇本。

「因為羅德里希也是近侍的一員……」

「啊！……這裡確實很容易忽略掉。」

因為臺詞上面只標注了「近侍」而已，沒有個人的名字就很容易忽略。能夠留意到這種細節的錄音師助理真是了不起。

〇日野麻里小姐、衣川里佳小姐

日野麻里小姐飾演的是加米爾、妮可拉與幼年及少年時期的齊爾維斯特；衣川里佳小姐飾演的則是珂琳娜與少女時期的喬琪娜。

首先設定妮可拉的聲線。因為這個角色還沒有配過音，得從設定聲線開始。

但日野小姐演繹出來的，明顯是一名乖巧聽話、簡直可說是侍從典範的女性。

「這不是妮可拉。聲音請再開朗一點。」

然而，調整過後的聲線還是太乖了。是指令給得不對嗎？我正苦惱不已時，鈴華老師也開口確認。

「妮可拉給人的印象要再開朗活潑一點吧？」

「沒錯。像現在這樣，一點也沒有笑咪咪妮可拉的感覺。」

聽了我與鈴華老師的對話後，音響監督反倒憂心地表示：

「但妮可拉是神殿的侍從吧？這麼開朗活潑沒問題嗎？」

「對喔。這麼說來，妮可拉身為神殿的侍從，確實是少見的活潑角色。可是，她負責帶給大家活力，所以必須開朗又精神百倍才行。」

於是音響監督統整了我們的意見。

「別管這個角色是侍從，乾脆就往活潑過了頭的方向試試看吧。」

在這樣的指示下，最終呈現出了可愛的妮可拉。

珂琳娜因為動畫已經配過音了，所以沒什麼問題。只是稍微提高聲音的年紀。

妮可拉與珂琳娜的錄音很順利就完成了。

這兩個角色結束後，接著要為幼年及少年時期的齊爾維斯特與少女時期的喬琪娜設定聲線。

「少女喬琪娜就和我想像中的一樣呢，但少年齊爾維斯特請再稍微提高聲音的年紀。聲色的話現在這樣就ＯＫ。」

這部分的配音可以說是相當棘手。因為都是回憶場景，需要非常仔細地去調整聲音的年紀，比如這樣：「到〇〇為止是三到四歲，從這裡到××為止是七歲左右，這句臺詞以後是十歲左右……」

然而，兩位聲優都照著我們指定的年紀改變了聲音。

職業聲優實在了不起。

接著也為加米爾設定聲線。雖然動畫裡出現過他的哭聲，但因為背景不再是洗禮儀式那時候了，所以需要重新設定。

「加米爾的聲音會不會太像女孩子了？」

「對吧？請再明顯像男孩子一點。而且年紀感覺也太小了？說話的方式請參考動畫裡的路茲。」

「要調高聲音的年紀也可以，語氣請再穩重一點。畢竟他現在人在貴族的宅邸內。」

動畫當中日野小姐也飾演加米爾。與動畫裡加米爾的哭聲比較後，想必會讓人產生「加米爾都長這麼大了啊……」的感慨吧。

〇岡井克升先生、渡井奏斗先生、廣瀨武央先生

岡井克升先生飾演的是勞倫斯與幾名路人角色，渡井奏斗先生與廣瀨武央先生則是飾演許多路人角色。他們將演繹出戰場上激烈廝殺的模樣。

上一次勞倫斯只有「是！」和禱詞這種需要與其他人同時唸誦的臺詞，但這一次竟然有個人的臺詞喔。

太好了呢。

對了對了。雖然非常簡短，但廣播劇裡還有小說中沒有的勞倫斯與馬提亞斯的對話，兩人的粉絲可以期待一下。

結束了勞倫斯的配音後，開始為路人角色配音。

岡井克升先生負責的有士兵5、亞倫斯伯罕貴族1、文官與團長。

渡井奏斗先生負責的有戴肯弗爾格騎士2、士兵3、亞倫斯伯罕貴族3、士兵2與麥西歐爾的護衛騎士2。

廣瀨武央先生負責的有士兵4、敵人、士兵1與神殿的騎士8。

如同上述，這次的路人角色非常多。

甚至岡井先生在飾演沒有名字的格拉罕騎士團團長時，臺詞還比勞倫斯要多。奇怪了，怎麼會這樣……

「第〇頁的『是！』麻煩各位了。請配合先錄好的音檔……」

儘管已經先錄好了「預備」，但配合起來的默契還是不足，三個人的聲音有些許落差。雖然這點程度的落差我不在意，但音響監督他們顯然無法接受。

「嗯……感覺不太整齊，能由你們其中一人帶頭嗎？」

在音響監督的指示下，三人的聲音終於整齊一致。要讓好幾個人同時去配合已經錄好的音檔，果然不容易。

不光路人角色，還請三位聲優幫忙錄了背景雜聲。比如慶功宴上的吵鬧喧譁聲、平民四處逃竄時的哀嚎……

「背景雜聲要是能更多人一起錄就好了……」

「但隔著簾子太礙事了，聲音無法自然地融合在一起。明明是背景雜聲，每道聲音卻很明顯地各自獨立。」

「不是有那種消除雜音的軟體嗎？真希望有人能開發出類似的軟體，就算戴著口罩也能消除雜音。」

希望有人能開發出這種軟體，解決音響監督他們的煩惱。這裡有需求喔。

「嗯，應該差不多了吧。」

「那個，我負責的還有沃爾赫尼……」

岡井先生開口表示後，音響監督思考了一會兒，答道：「嗯……這次改用效果音效吧。這裡別用人聲比較好。」上次的廣播劇裡，沃爾赫尼是由岡井先生飾演，魔獸的吼叫聲非常逼真，但音響監督這次卻決定不使用人聲。他判斷的標準究竟是什麼呢？轉念又想，這正是長年來從事這個行業的資深老手的工作吧。

〇狩野翔先生、島田高虎先生、千葉航平先生

狩野翔先生飾演的是法藍，島田高虎先生與千葉航平先生則飾演了許多路人角色。

法藍因為動畫已經配過音了，所以是在沒有音檔的情況下進行錄製。

「第〇頁唸臺詞的時間有點太久了，請用正常一點的速度。」

「法藍，結尾那邊多表現出一點喜悅的感覺。」

法藍的配音順利結束後，接著開始錄路人角色。

狩野翔先生負責的有士兵1、伊庫那騎士1、敵軍騎士1、神殿騎士1、麥西歐爾的護衛騎士1。

島田高虎先生負責的有戴肯弗爾格騎士1、士兵2、士兵9、伊庫那騎士2、舊孛克史德克的基貝、麥西歐爾的護衛騎士3。

千葉航平先生負責的有士兵5、敵軍騎士1、敵軍騎士2、舊孛克史德克的騎士。

「老師，基貝的聲音沒問題嗎？會不會太老？」

島田高虎先生負責飾演舊孛克史德克的基貝。就上戰場而言，聲音聽來相當年長。

「啊～嗯……雖然是有些太過年長，但現在這樣很有威嚴，也在我的接受範圍內，所以ＯＫ。」

錄完路人角色後，也請三位聲優幫忙錄製背景雜聲。在賓德瓦德吵吵鬧鬧的戴肯弗爾格騎士們聽起來很開心的樣子（笑）。

就這樣，漫長的第一天結束了。

大家都辛苦了。

第二天錄音的有井口裕香小姐（前篇）、小山剛志先生、寺崎裕香小姐、中島愛小姐、石見舞菜香小姐。

○井口裕香小姐（前篇）

井口裕香小姐飾演的是主角羅潔梅茵。

主角的臺詞數量果不其然非常龐大，這天的配音只有前篇而已，後篇是另外一天。

除了動畫與廣播劇，井口小姐還會錄有聲書，所以配音工作基本上非常順利。

「不好意思，『予給』拼錯了。請改成『給予』。」

「『相對』請唸成『aitai』而不是『soutai』。」

「不好意思，第○頁的『六支』後面請加上『小隊』。得清楚說明是什麼，不然讀者會聽不懂。」

「第×頁的『飛沫』請唸『shibuki』而不是『himatsu』。」

「義手的發音好像和其他人不太一樣……」

「老師，第△頁這邊太像說明文了，要不要稍作修改？」

這次的劇本有不少在檢查時並未發現的錯誤。真是對不起。另外也有不少在實際配音之後，發現不太妥當而需要修改的臺詞。

但是，井口小姐果然厲害。

因為已經很習慣了，只花了表定的一半時間就完成配音。

拍完照片、在簽名板上簽完名後，她便神采奕奕地說著「大家辛苦了」然後離開。

○小山剛志先生、寺崎裕香小姐

小山剛志先生飾演的是昆特與庫拉佩斯；寺崎裕香小姐飾演的是韋菲利特與優蒂特。

「有之前的音檔嗎？」

「韋菲利特與優蒂特的已經準備好了。昆特的音檔也要嗎？」

「應該可以不用吧。」

「因為已經為動畫配過音了嘛。」

在音響監督他們的判斷下，昆特沒有聽過音檔便開始錄音。

「第○頁的昆特收到護身符後，聲音是不是該再開心一點？」

「收到了家人的擔心與關愛，確實該再表現得感動一點。」

「第×頁請從一開始就氣勢驚人。」

西門之戰結束後，接著是神殿之戰。在這裡換優蒂特大放光彩。

「第○頁這裡因為是旁白，語氣請再沉穩和緩一點。」

「第×頁劇本上寫著『克拉麗妮莎』，但應該是『克拉麗莎』才對。請更正。」

「第○頁是不是唸成『漢娜蘿娜』了？」

韋菲利特出現在了慶功宴的場景，幾乎不需要修改便完成錄音。

接著也麻煩小山先生為庫拉佩斯，以及路人角色裡的神殿指揮官騎士配音；寺崎小姐則拜託她為孤兒們配音……

錄音一轉眼便結束了。

○中島愛小姐、石見舞菜香小姐

中島愛小姐飾演的是多莉，石見舞菜香小姐飾演的是菲里妮與莉瑟蕾塔。

當時錄音師助理曾說：「目前為止菲里妮有過配音的次數太少了，所以花了點時間才找到音檔。」

這也無可奈何呢。儘管菲里妮在小說裡的登場次數還不少，但因為廣播劇只能節選重要的段落，所以菲里妮往往沒有什麼登場的機會。真是遺憾。

「很抱歉，雖然好不容易才找到音檔，但原來的聲線不能直接使用，請調高菲里妮聲音的年紀。」

確認過聲線後，開始錄音。

石見小姐所飾演的莉瑟蕾塔與菲里妮，以及中島小姐所飾演的多莉，配音上都沒有什麼問題。

「這裡的『歡迎歸來』，可以用莉瑟蕾塔與菲里妮的聲音各錄一遍嗎？」

「好的。」

近侍們迎接羅潔梅茵的話聲就是用這種方式層層堆砌。

再請兩位幫忙錄了背景雜聲與孤兒們的聲音後，錄音便結束了。

第二天的錄音工作至此宣告結束。這天真的很短、很輕鬆。話雖然這麼說，觀摩完配音以後，我還得為了小說趕緊寫完「艾倫菲斯特保衛戰」。執筆的時候，聲優們的聲音會在腦海裡鮮明重現，那種感覺非常有趣。

錄音的第三天有渡邊明乃小姐、諸星堇小姐、內田雄馬先生、田村睦心小姐、本渡楓小姐、長繩麻理亞小姐。

○渡邊明乃小姐、諸星堇小姐

渡邊明乃小姐飾演的是傅萊芮默三人組與薇羅妮卡；諸星堇小姐飾演的是漢娜蘿蕾、萊歐諾蕾與芙蘿洛翠亞。

說明一下，傅萊芮默三人組指的是傅萊芮默、傅萊芮默的妹妹與傅萊芮默的外甥女這三個人。

「啊～要從傅萊芮默三人組開始嗎？因為是按照順序配音……」

「放心吧，我來的時候已經做好從頭演到尾的準備了！」

……咦？這種事情做得到嗎？

愣在原地的我，以及說著「看樣子有備而來哪」的音響監督等人，就這麼親眼看著渡邊小姐辦到了。她竟然在同一時間扮演了傅萊芮默三個人。

就算傅萊芮默三人組此起彼落地嚷著「天呀！天呀！」但每個人都還是有細微的差異。太厲害了！

接著為薇羅妮卡設定聲線。

「老師，薇羅妮卡是怎樣的角色？」

「她是一個外表五十多歲的貴族女性，心高氣傲，性格有些歇斯底里。不過，這次因為都是回憶的場景，所以我希望每個段落的聲音都稍作調整，像第○頁是二十幾歲，第×頁是三十出頭，第△頁之後則要接近四十。」

而渡邊小姐完美地依照指示調整了聲音。

簡直無可挑剔，可圈可點。

諸星小姐先確認過了漢娜蘿蕾與萊歐諾蕾的音檔。

「嗯……漢娜蘿蕾聲音的年紀是不是比上次還下降了一點？」

「請稍微調高聲音的年紀，跟上一次差不多。」

稍微調整了漢娜蘿蕾的聲線後，開始配音。

「第○頁請再多點戰鬥時的氣勢。因為他們正從中央進行突破，至於聲音的氣勢請配合先錄好音的柯尼留斯。」

「第×頁的領主一族請唸成一個單字。」

「第△頁這裡請再強勢一點。」

只是稍作細微的修改，錄音整體非常順利。

「請問第○頁這裡，有辦法用興奮的語氣稍微加快速度嗎？」

提出請求時我有些誠惶誠恐。因為這段臺詞雖然有著能讓人意識到漢娜蘿蕾戀愛濾鏡的重要作用，但一整段卻相當長，而且有很多難唸的片假名神名。

然而，諸星小姐卻讓我目瞪口呆。

她沒有半點卡頓，艾爾瓦克列廉、尤葛萊莎、馮思艾琳達全都一氣呵成！

好強！

「哇！第×頁有部分的禱詞消失了！」

「咦？」

「請等一下，我找找正確的禱詞……」

一般我都是直接複製貼上，所以禱詞不可能有錯，但可能是標注讀音的時候不小心刪掉了。我急忙修改禱詞。

「老師，第△頁現在這樣ＯＫ嗎？」

「應該沒問題。」

因為往常都由主角羅潔梅茵先錄音，其他人再去配合，所以有些地方會不是那麼肯定，但錄音工作基本上還算順利進行。

「喂喂，這裡居然有漢娜蘿蕾與萊歐諾蕾的對話。」

「嗚哇……而且還很長呢。」

試裝的場景中，出現了一大段羅潔梅茵與漢娜蘿蕾還有萊歐諾蕾的對話。儘管音響監督他們都抱頭苦惱，但這也無可奈何。畢竟選角人員當初在構思陣容時，也不會想到這麼久以後的事。因為早在廣播劇3的時候，就敲定了由哪位聲優飾演漢娜蘿蕾與萊歐諾蕾，當時可是二〇一九年。咦？已經三年前了嗎？時之女神編織絲線的速度會不會太快了點？

大家都為這個場景感到擔心，但諸星小姐不費吹灰之力地完美達成。

可謂是得心應手。

最後是芙蘿洛翠亞。雖然臺詞數量不多，但與諸星小姐平常飾演的角色相比，算是年紀比較大的角色。

「老師，芙蘿洛翠亞幾歲？」

「她是一個三十五歲上下，嫻雅端莊的貴族女性。我想諸星小姐肯定沒問題喔。因為之前聽過的聲音就跟我想像中的很接近。」

稍作調整之後，便完成了很有貴族女性氣息的芙蘿洛翠亞。

萬分感謝。

○內田雄馬先生

內田雄馬先生飾演的是哈特姆特。

由於哈特姆特都是在暗地裡大展身手，表面上沒有什麼動作，因此臺詞並不多。

「啊，第○頁請再用公事公辦一點的口吻。畢竟哈特姆特現在講話的對象不是羅潔梅茵。」

稍稍調整情緒後，錄音很快就結束了。

內田先生還幫忙錄了敵軍騎士3與神殿騎士7的路人角色，這些也一眨眼就完成。

「怎麼比起錄音，簽名跟拍照的時間好像還比較久？」

「每次不都是這樣嗎？」

從音響監督等人的對話，也可以感受到濃濃的工作狂氣息呢。

○田村睦心小姐

田村睦心小姐飾演的是路茲與布麗姬娣。

由於為動畫配過音了，這次沒有先聽過音檔，直接確認聲線。

「奇怪？路茲的聲音聽起來很稚氣呢。記得上次的廣播劇裡他已經長大了，所以請提高聲音的年紀。」

「嗯……可是提高聲音年紀的話，不會與布麗姬娣重複嗎？」

「可是男女的聲音應該不一樣吧？」

「不然先確認布麗姬娣的聲線吧。」

於是音響監督向田村小姐作了確認。

「抱歉，請展示一下妳打算如何飾演布麗姬娣。用第○頁的臺詞。」

「是。」

「我們只是想確認聲線，不會錄音。」

結果，田村小姐的布麗姬娣與路茲完全是不同的聲線，所以沒有問題。於是在調高了路茲的聲音年紀後，開啟錄音。

「第○頁的造紙請唸成『kamizukuri』，不是『kamitsukuri』。」

「第×頁請再多點興奮激昂的感覺。」

路茲錄完以後，接著是布麗姬娣。

布麗姬娣就用剛才展示過的聲線開始錄音。

完全是我想像中帥氣又英氣逼人的大姊姊。

錄音很順利就結束了。

「那孤兒的聲音也麻煩妳了。請用少年的聲線。」

包括為路人角色配音在內，錄音一下就結束了。辛苦了。

○本渡楓小姐

本渡楓小姐飾演的是安潔莉卡。

原本安排她與長繩麻理亞小姐一起錄音，但因為本渡小姐提早抵達，便決定分開錄製。

「既然錄音的場景沒有重疊，先錄也沒關係吧？」

「是啊。臺詞數量也不多……」

在音響監督他們的判斷下，在確認過安潔莉卡的音檔後馬上開始錄音。

由於臺詞確實不多，對話的配音一下子就結束了。

接著錄戰鬥場景的動作聲與即興臺詞等。

「第○頁的吶喊與第×頁的叱喝也麻煩了。因為這些場景都有安潔莉卡以護衛騎士的身分跟在一旁。」

「了解。」

追加錄了幾個戰鬥場景的叱喝聲後，錄音便結束了。

○長繩麻理亞小姐

長繩麻理亞小姐飾演的是谷麗媞亞。

先聽上次的音檔，接著開始調整聲線。

「嗯～？谷麗媞亞有點太可愛了。」

「太可愛的意思是？」

「就是情緒太高亢了，有點嘰嘰喳喳的感覺，似乎太有活力……」

艾倫菲斯特保衛戰那時候，谷麗媞亞因為城堡內對舊薇羅妮卡派貴族的目光和言語並不友善，導致她精神非常緊繃。雖然沒在主人面前顯露出來，但也絕不可能表現得開朗活潑。

「比起音色，主要是演繹的問題吧？個性可以再陰沉一點嗎？」

「要個性陰沉嗎？知道了。」

調整過後開始錄音。

配音本身沒有什麼問題，很快就結束了。

就這樣，第三天的配音工作順利結束。

第四天是井口裕香小姐（後篇）與梅原裕一郎先生。

○井口裕香小姐（後篇）

飾演羅潔梅茵的井口裕香小姐這天要為後篇配音。

由於前天剛配過音，沒有聽過音檔就準備開始錄製。正當這個時候，井口小姐開口請求：「能讓我確認一下前篇的聲音長大了多少嗎？」

原來如此。前篇與後篇的聲音可能會不一致，所以她需要確認吧。

「嗯？格拉罕的發音是不是和其他人不一樣？」

「的確，應該要唸格拉罕吧。」

井口小姐似乎記錯了格拉罕的發音，所以費了番工夫才改回來。

「不好意思，第○頁馬提亞斯的名字叫太多次了，請刪掉其中一個。」

「第×頁的冒牌喬琪娜請唸成一個單字。」

「第△頁請著重於表現出想要相信對方但又辦不到的感覺。」

「第○頁這裡不是懷疑的語氣，而是被對方的節奏拉著走的感覺。」

討論著有哪裡需要修改的時候，除了對扮演者井口小姐，我也發現有事情要麻煩音響監督。

「啊，對了。原著中，第○頁這邊的對話使用了防止竊聽魔導具，所以如果需要添加效果音或是後製，再麻煩您了。」

「了解。」

最棘手的，則是從「預備」開始的長長臺詞，也就是夾雜了神名的禱詞。

不只要完美配合先錄好的音檔，這次唸禱詞的同時，還要讓人感受到對死者的悼念之意，所以果然不太容易。

但也因為不容易，當配音與音檔完美同步的時候，大家都不由自主鼓起掌來。

太厲害了！啪啪啪啪。

○梅原裕一郎先生

梅原裕一郎先生飾演的是達穆爾與馬提亞斯。

「達穆爾是你主要負責的角色，而且也為動畫配過音了，應該沒問題吧？」

在音響監督的判斷下，沒有聽過音檔便開始錄音。

這次因為收錄了艾倫菲斯特保衛戰的內容，所以達穆爾也不再只有一兩句話，終於有了像樣的臺詞。馬提亞斯也因為在格拉罕之戰上大展身手，臺詞變得比較多。

因此這次的錄音方式也和往常有些不同，先是錄達穆爾（前篇），接著錄馬提亞斯（全部），再錄達穆爾（後篇）。

「老師，這裡不是『銀製披風』，而是『銀色披風』吧？」

「用銀製成的披風也太重了點。」

「嗚，麻煩幫忙改正。」

馬提亞斯則是聽過之前的音檔後，開始錄音。

「喬基……基妮？琪娜？」

「是喬琪娜。」

「還有領主一族請唸成一個單字。」

錄完對話以後，再配合其他人錄吆喝與吶喊聲，以及戰鬥場景的動作聲等等。

「第○頁的臺詞後面，請即興加點戰鬥的聲音。」

「第×頁請配合『預備』發出吶喊。」

最後也請梅原先生幫忙錄了路人角色。

敵軍騎士4，襲擊北門的騎士就是梅原先生喔。

若有信心聽得出來，請一定要挑戰看看。

就這樣，第四天的錄音工作結束了。但沒想到就在這個時候，發現了一個問題。

「咦？飾演基貝．格拉罕的人選是不是還沒決定？」

錄音師助理這句問話，讓音響監督等工作人員都「咦？」地愣住。

「基貝．格拉罕不就是戈雷札姆嗎？」

「可是從標示來看，這是不同角色吧。」

「咦？不同角色嗎？」

發現音響監督與選角人員們一臉混亂，身為作者的我插嘴說明。

「動畫裡的基貝．格拉罕是戈雷札姆沒錯，但到第四部尾聲時他就被解任了，所以廣播劇8裡面，已經換成其他人就任為新的基貝．格拉罕。」

「真的假的?!」

基貝．格拉罕是職位名稱，原本的人退下以後，就會由其他人來當。雖然小說中有說明，但廣播劇裡自然不可能提到這樣的細節，再者我也沒有為新的基貝取名，所以如果選角時只大略看了一遍劇本，會以為是同一個人也無可厚非吧。

熟讀本傳的原著團隊，皆理所當然地認為這是兩個角色，但只看過劇本的音響監督他們並無法有這樣的認知。要是當初把角色名稱定為「新任基貝」，而不是

「基貝·格拉罕」的話，或許就能防止這種誤會發生了。真是抱歉。

「那只能臨時拜託下次來錄音的人了。」

「老師，基貝·格拉罕幾歲？是男性嗎？」

「是男性喔。而且我對這個角色並沒有明確的描寫，所以只要設定成四、五十歲就沒問題。」

要是對年齡設下太明確的限制，可能會與聲優們已經在演繹的角色聲音重疊，所以我讓音響監督他們有空間可以調整。

「下次來錄音的有誰？」

「有井上先生、關先生、小林先生、子安先生、森川先生。」

「……從年紀來看，不管是誰都沒問題吧。」

「是啊。不管拜託哪一位，相信他們都能勝任。但因為基貝·格拉罕與齊爾維斯特有過對話，所以最好排除井上先生。」

眼看還有機會補救，大家都鬆了口氣。

經過這番小小的波折，第五天的錄音開始了。最後一天來錄音的有井上和彥先生、關俊彥先生、小林祐介先生、子安武人先生與森川智之先生。

○井上和彥先生

井上和彥先生飾演的是齊爾維斯特。

沒有確認音檔就開始錄音。

「井上先生，這裡不是『達繆爾』，是『達穆爾』喔。」

「咦？我唸錯了嗎？」

「還有，你剛才唸成『斐南德』了。是『斐迪南』才對。」

「啊，不好意思。」

我才很抱歉創造了這麼多難唸的片假名。

「第○頁在斐迪南那裡請明確地停頓一下，不然要是連在一起說，聽起來會像是有三個人遭到逮捕。」

「第×頁的灰衣巫女請唸成一個單字，然後不是灰衣『的』巫女。」

只是稍作修改，錄音工作進行得十分順利。

然後是最後的決鬥。

「嗯……語氣會不會太平淡了？」

「畢竟是最後的決鬥，又是壓軸場面，這裡請再表現得慷慨激昂一點。讓齊爾維斯特的情緒比較外放。」

「可是，喬琪娜的情緒沒有那麼強烈吧？齊爾維斯特要是太過激動，不會很不協調嗎？」

「我反而希望喬琪娜表現得冷靜又淡漠，所以她那樣沒有問題喔。」

「齊爾維斯特應該要有種情緒慢慢往上堆疊的感覺吧？」

看到大家發言這麼踴躍，果然因為這是壓軸場面吧。

調整了兩、三次後，齊爾維斯特與喬琪娜的決鬥場面便完成了。

齊爾維斯特的部分結束後，也請井上先生幫忙錄了路人角色。

敵軍騎士4與神殿騎士5都是井上先生。

敬請期待。

○關俊彥先生、小林裕介先生

關俊彥先生飾演的是海斯赫崔，小林裕介先生飾演的是艾克哈特。

「艾克哈特還是只有『是！』這種臺詞耶。臺詞可真少。」

儘管多數時候都站在斐迪南身後，但由於艾克哈特沉默寡言，這點在改編成廣播劇時對他十分不利呢。

不過，尤修塔斯在廣播劇8裡甚至沒有出場，所以相比之下或許還算不錯的了。

「第○頁的海斯赫崔會不會太高興了？」

「結尾這邊確實應該嚴肅一點。畢竟變成魔石就意味著死亡。」

稍作修改而已，臺詞的配音很快就結束了。

和臺詞相比，搞不好戰鬥時的動作聲與吶喊聲還比較多。

最後也請兩位幫忙錄了路人角色。

關俊彥先生是敵軍騎士5、神殿騎士4。

小林裕介先生是敵軍騎士3、神殿騎士3、漢娜蘿蕾的護衛騎士2。

像這樣一個個列出來以後，會發現敵軍騎士與神殿騎士的聲優陣容其實非常豪華呢（笑）。

○子安武人先生

子安武人先生飾演的是班諾。

由於為動畫配過音了，沒有確認音檔便開始錄音。

「第○頁前半段，請表現出看到圖書館後大受震撼的感覺，後半段則是對員工進行說明的感覺。」

班諾的配音很快就結束了。因為他只有在艾倫菲斯特保衛戰期間，到羅潔梅茵的圖書館避難時有臺詞而已。

另外，上次發現的新任基貝·格拉罕這個角色，則是拜託了子安先生。

「抱歉這麼臨時，但基貝．格拉罕的臺詞也能麻煩你嗎？」
「沒問題。」
說明了在劇本第幾頁以及角色的年齡等等後，先是測試聲線。
「老師覺得如何？」
「我覺得很好喔。」
感謝爽快接下了基貝．格拉罕角色的子安先生。謝謝您。

○森川智之先生

森川智之先生飾演的是卡斯泰德與波尼法狄斯。這次比起他主要扮演的卡斯泰德，波尼法狄斯的臺詞明顯多上許多。
只見森川先生快步走進錄音室。音響監督為他說明今天的流程。
「……所以會按這樣的順序錄音。嗯？看你很喘的樣子，是不是一路急著過來？需要休息一下嗎？」
「不是，是筆盒裡自動鉛筆的筆芯撒出來了……我只是有點慌張，請不必在意。」
因為自動鉛筆的筆芯很容易斷，細細的筆芯又不好撿拾，還會導致手指和筆盒內部都髒兮兮的，在筆盒裡撒出來的話確實很讓人傷腦筋呢。
控制室裡的眾人都輕笑起來，氣氛溫馨許多，只有森川先生一個人在急急忙忙地收拾。
確認過波尼法狄斯的音檔後，開始錄音。
「臺詞裡的『他』請唸成『sonata』。」
「第〇頁請再多點衝進來的感覺。想像成是一路奔跑過來，聲勢浩大地登場。」
「第×頁這裡拼錯了，請改成『naranai』。」
「第△頁『這般的』的『的』是不是沒唸到？」
作了些細微的修改後，錄音也結束了。
波尼法狄斯令人莞爾的一面、讓人有些頭疼的性格以及領主一族的威嚴，森川先生全都表現了出來，實在厲害。
為卡斯泰德與波尼法狄斯配完音後，接著也幫忙錄路人角色。
有敵軍騎士6與神殿騎士6。
請務必挑戰看看，自己在路人角色中可以聽出幾位聲優吧。
就這樣，所有的錄音工作宣告結束。
雙CD果然要比往常多花不少時間，讓人頭昏眼花。
錄音途中，音響監督他們偶爾會趁著休息時間閒聊，內容很有意思，我很喜歡聽他們在聊什麼。
這次有趣的是提到了業界從前的情況。
「現在這樣分開錄音固然辛苦，但跟從前比起來已經好太多了。以前配音和疊錄都是不同天。」
「光是錄音的方式，盤帶時代和CD時代就完全不一樣吧？」
……盤帶時代是指什麼時候呢？
我這個世代的人當然也知道卡式錄音帶，但上中學的時候已經改聽CD了，所以很好奇他們在講多久以前的事情。
「盤帶錄音那時候，根本很難開口說錄到雜音了。」
「因為要重錄太麻煩了啊（笑）。」
「還有還有，用盤帶錄音其實很容易有雜音，但從前完全可以忍受這種情況。畢竟不採用的話，不知道要到何時才能錄完。」
「效果音效也不是插入音效素材，而是請音效師來錄音室現場直接設計聲音。真懷念啊。」
……咦？我反而好想親眼看看音效師設計聲音的現場。
「好險現在是數位時代，否則要像今天這樣分開錄製，事後再合併起來，根本是不可能的事情。我絕對會抓狂。」
「最起碼沒有多軌錄音器的話不可能吧。」
聽了音響監督他們的對話以後，對於現在這個即使發生新冠疫情，大家還是可以分開錄音、完成廣播劇的美好時代，一股感動油然而生。
希望不久的將來，可以進步到就算帶著口罩也能順利錄音。
數位時代萬歲！

※此篇配音觀摩報告刊登於二〇二二年八月十日發行的「廣播劇8」之官網，收錄時予以增刪修改。文中內容與日期皆以當時為主。

廣播劇第八輯再度是前後兩篇的雙CD組，終於來到決鬥場面！
格拉罕之戰與艾倫菲斯特保衛戰都讓人聽得熱血沸騰。
小書痴的下剋上
廣播劇第八輯
配音觀摩報告漫畫
鈴華
爲第八輯獻上精采演出的正是以下這些聲優！
羅潔梅茵：井口裕香
斐迪南：速水奬
齊爾維斯特：井上和彥
卡斯泰德／波尼法狄斯：森川智之
韋菲利特／優蒂特：寺崎裕香
柯尼留斯：山下誠一郎
艾克哈特：小林裕介
漢娜蘿蕾／萊歐諾蕾／芙蘿洛翠亞：諸星菫
達穆爾／馬提亞斯：梅原裕一郎
哈特姆特：內田雄馬
安潔莉卡：本渡楓
菲里妮／莉瑟蕾塔：石見舞菜香
海斯赫崔：關俊彥
羅德里希：遠藤廣之
勞倫斯：岡井克升
班諾：子安武人
路茲／布麗姬娣：田村睦心
多莉：中島愛
伊娃：折笠富美子
昆特／庫拉佩斯：小山剛志
珂琳娜／少女喬琪娜：衣川里佳
加米爾／幼年＆少年齊爾維斯特／
妮可拉：日野麻里
法藍：狩野翔
谷麗媞亞：長縄麻理亞
戈雷札姆：堀內賢雄
喬琪娜：三瓶由布子
傅萊芮默／傅萊芮默的妹妹／
傅萊芮默的外甥女／
薇羅妮卡：渡邊明乃
※名單省略敬稱
第五部因爲角色衆多加上是雙CD組，而且還分開錄音，花了很長的時間錄製，
所以「一邊工作一邊遠距觀摩配音」，成了近來的工作模式。
一方面覺得在家就能參觀很方便，
一方面又覺得不能在現場感受錄音室獨有的氛圍，心裡有些落寞。
寂寞

這輯廣播劇以戰鬥爲主軸，所以有很多激烈廝殺的場面。
尤其是三瓶由布子小姐飾演的喬琪娜，
存在感強烈到了說是第八輯的幕後主角也不爲過。
接著每位聲優繼續輪流錄音。
情緒再強烈一點。
是。
妳剛才說了「魔道具」喔。
啊哇哇。
超可愛
齊爾維斯特死了算了。
有夠恐怖!!
ひっ
噫!
請大家一起感受嚇得頭皮發麻的感覺。
用自己飾演的角色互相對話的諸星菫小姐。
然後，飾演戈雷札姆的堀內賢雄先生在錄音時——
阿賢。
音響監督
音
你剛才「平民丫頭」唸成了「平成丫頭」喔。
咦?
音
不然放給你聽吧?(笑)
平成丫頭……
超級小太妹
是這種感覺嗎?

這次在採取了防疫措施的情況下，有些時段是兩位聲優或三位聲優一起錄音。
渡邊明乃小姐一人分飾傅萊芮默及其妹妹和外甥女這三個角色，
んまあ！んまあ！
天呀！天呀！
簡直是一聲未平！
一聲又起！
んまあ！
天呀！
錄音現場的所有人都笑了出來。
那陣仗非常驚人，請一定要親耳聆聽！
這次井口裕香小姐也有多達三百句左右的臺詞。
斐迪南大人喜歡我……？
？
？
從上輯開始羅潔梅茵就長大了，
但到了搞笑橋段時，說話方式就會變得比較生動和稚氣，非常可愛。
梅原裕一郎先生飾演的馬提亞斯，
這次有不少嚴肅場景，而且好幾幕的演繹都令人感到震撼。
可以感覺到馬提亞斯的故事在此有了終結。
最後是森川智之先生！
關於他主要飾演的卡斯泰德……
咳咳！
（為了掩飾笑聲的假咳）
就只有這樣而已（笑）。甚至還不是一句臺詞！

※此篇漫畫刊登於二〇二二年八月十日發行的「廣播劇８」之官網，收錄時予以增刪修改。文中內容與日期皆以當時為主。

《小書痴的下剋上》廣播劇9 配音觀摩報告

香月美夜

二〇二二年某日，廣播劇9的配音作業啟動。

這次和上次一樣是雙CD組，劇情編排以第五部X的中央之戰為主軸。

一開始企劃時，本來是預計以中央之戰為主，一直收錄到繼承儀式為止。為此才決定了在第五部XI推出廣播劇……

「由於想放進廣播劇裡的場景比預期中要多，繼承儀式還是留到下一次，收錄範圍請容許我改到與王族的談話為止。」

國澤老師寄來的第一稿劇本上，到處都標示著「我想在這裡加入這個場景」，與此同時還有大量的問題。

「這時候亞納索塔瓊斯與勞布隆托有什麼互動嗎？沒什麼不妥的話我想加進去。」

「女神降臨以後，在羅潔梅茵失去意識的這段時間，方便告訴我有過怎樣的對話嗎？」

「具體而言斐迪南都在背地裡做了什麼？」

這些事情我都會在閒話集裡寫到，而收到來信的時候正在執筆當中。於是我回信道：「我正好在寫這些劇情，在原稿完成以前，請再稍等一下。」然後我一邊留意自己的身體狀況，一邊埋頭書寫。因為當時正好確診了新冠肺炎，整個人頭昏腦脹。

隨後閒話集的初稿完成，我便寄給了國澤老師……

「請等一下，讓人想放進廣播劇裡的場面也太多了吧！我看收錄範圍還是只到中央之戰就好，與王族的談話也挪到下一次……」

就這樣，明明是跟著第五部XI推出的廣播劇，結果內容卻是在艾倫菲斯特保衛戰結束後，從前往亞倫斯伯罕開始，一直到第五部X的結尾為止。

……都已經是雙CD了，時長還是不夠。真奇怪，怎麼會這樣子呢……

所有相關人員皆為此納悶不已，但最終劇本也順利地完成了。

然後開始錄音。

這次分成兩天錄製。因為天數不多，一整天下來錄音的時間變得很長。

我與鈴華老師都是遠距參加。這已經是第幾次了呢？現在已經很習慣在線上觀摩配音了。

錄音第一天

○宮澤清子女士、渡邊明乃小姐

宮澤清子女士飾演的是索蘭芝，渡邊明乃小姐飾演的是赫思爾。

兩位都先聽過之前的音檔後，再開始錄音。

「第〇頁，索蘭芝老師一開始的臺詞請再表現得虛弱一點。」

「第×頁的『打開著』請改成『打開』。」

索蘭芝是第一個目擊到傑瓦吉歐與勞布隆托背叛的人，完全可以感受到她悲痛的心情。

而渡邊小姐也沒有什麼問題就錄完了。

雖然也是因為臺詞不多的關係，但真的駕輕就熟呢。

個人非常喜歡赫思爾老師那種冷靜沉著的嗓音。但傅萊芮默老師的退場，也讓我覺得有些寂寞就是了（笑）。

兩位只花了表定的一半時間就完成錄音。

「辛苦了。新年快樂～」

離去前的這聲寒暄，讓人真切感受到了季節的變換。

○關俊彥先生

關俊彥先生飾演的是尤修塔斯、勞布隆托與海斯赫崔。

這次臺詞最多的，是以敵人身分阻擋在眾人面前的勞布隆托。

錄音也是從勞布隆托開始。

先聽之前的音檔，確認過聲線後開始錄音。

勞布隆托表現出一副值得信賴的騎士團長模樣，哄騙錫爾布蘭德王子。

腦海裡的我忍不住發出怒吼：「居然欺騙這麼純真的小孩子！就算是反派也太過分了！到底是誰讓這種男人出現在故事裡的?!」沒想到勞布隆托跟著冒出來，悄聲向我耳語道：「既然要欺騙與操弄，容易上當的年幼孩童當然是最好的目標吧？」大腦整個非常忙碌。

「第〇頁請再意味深長一點。」
「第×頁明明在說自己的妻子過世了，但聲音有些太高興了。請營造出肅穆或悲傷的氛圍。」
「第△頁不是『三把鑰匙』，而是『其中三把鑰匙』。因為全部共有五把。」
「不好意思，第□頁的『多久』是『多少』才對，請更正。」
錄音期間，還發生了以下這個有趣的小插曲。
「第〇頁是『心愛的妻子』才對，不是『美麗的妻子』。」
「抱歉。」
「那再來一次。」
「與美麗的妻子躲在離宮……嗯？我忍不住就是會說『美麗的妻子』。為什麼？」
關先生自己也非常納悶，但艾格蘭緹娜確實很美麗沒錯，所以這好像也無可厚非。其實改成「美麗的妻子」也沒錯呢。這麼心想的我覺得很有意思。
至於海斯赫崔這個角色，就是一直跟著斐迪南到處跑，很有大型犬的感覺。與勞布隆托正好相反。
「第〇頁再口齒清晰一點，要充滿活力地回話。」
「第×頁請表現出欲言又止，想要阻止卻阻止不了的感覺。」
「第△頁雖然講話的對象是王子，但語氣能再強硬一點嗎？我想要有那種戰鬥時全身充滿警戒，或是劍拔弩張的感覺。」
海斯赫崔不僅在斐迪南獨斷獨行時，拚了命地跟上他的腳步，還要保護衝進大禮堂來、想與勞布隆托一決高下的亞納索塔瓊斯。儘管有些令人同情，卻也忍不住想要為他加油。
最後是尤修塔斯。
這次他的臺詞也不多。因為都是在暗中行動，即使大展身手也不會進入羅潔梅茵的視野，所以改編成廣播劇時往往登場次數很少。
「第〇頁這邊請再柔和一點，少點戰場上的戾氣。現在這樣和海斯赫崔有些太接近了。」
照著表定時間結束錄音後，拍完照、簽完名，關先生便離開了。

〇長繩麻理亞小姐、田村睦心小姐

長繩麻理亞小姐飾演的是萊蒂希雅，田村睦心小姐飾演的是瑪格達莉娜、瓦拉瑪莉娜與萊蒂希雅的護衛騎士。
錄音開始之前，兩人曾在確認劇本時有過這段對話。
「這部作品的名字……都很難唸呢。」
「沒錯！所有人的名字都長得要命！（笑）」
田村小姐帶著笑意發出吶喊後，所有工作人員都笑了起來，我也忍俊不禁。
……很抱歉讓大家這麼辛苦（笑）。
笑了一會兒後，開始錄音。
「先來確認瓦拉瑪莉娜的聲線吧。」
「是～」
田村小姐朝氣十足地回應後，接著便發出她所設計的瓦拉瑪莉娜的聲音……
……聲音一聽就是超級美少女！好可愛！咦？這跟為路茲配音的是同一個人嗎?!不不不，騙人的吧？
一聽就覺得是旁系王族公主的可愛嗓音讓我大吃一驚。田村小姐雖然也飾演過同是女性角色的布麗姬娣，但現在的聲音聽起來也和那時截然不同。太強了。
由於瓦拉瑪莉娜的臺詞不多，在我還目瞪口呆的時候錄音就結束了。
然後，長繩小姐的聲音真的非常可愛。我由衷感到佩服地這麼心想。她完美演繹出了四處奔走盡到自己本分，而且會關心羅潔梅茵的萊蒂希雅。引人發自內心地想要聲援這個角色，希望她繼續加油。
錄音結束之後，就在拍照與簽名時，田村小姐與工作人員有過這樣的對話。
「以後就算找我來錄小書痴的廣播劇，路茲也應該不會再登場了吧。」
「路茲在最後還會出場喔。」
「咦？路茲還會再出現嗎?!」
……沒錯。而且啊，路茲還是在最後的最後登場，所有風頭都被他搶光了。
我從現在開始，便非常期待在最後一輯廣播劇裡登場的路茲。

○井上和彥先生

井上和彥先生飾演的是齊爾維斯特與前任君騰。

「哦？井上先生很早就到了呢。搞不好能在小林先生過來前就錄完喔？」

「那不然先錄吧。」

有時候會根據聲優的抵達時間調換錄音順序，這種情況並不稀奇。但也因為現在是分開錄製的關係，才能這麼做吧。

「那來設計前任君騰的聲線吧。」

廣播劇裡，這個角色只在回憶的場景中稍有露面，但其實是相當重要的人物。因為當年正是這位君騰准許了斐迪南離開阿妲姬莎離宮，遷往艾倫菲斯特。後來他因為生了病，想把王位傳給第二王子，並且授予古得里斯海得，第一王子卻在激動之下殺了第二王子。被逼著交出古得里斯海得的他同樣慘遭殺害，而這也成了政變的開端。雖然在羅潔梅茵視角的本傳中從來沒有出現過，卻是構成故事背景或者說世界觀的重要角色。

「老師覺得如何？」

「ＯＫ。」

錄音時並不會鉅細靡遺地說明角色設定，但是前任君騰的聲音聽來就很有威嚴。嗓音好迷人喔，嗯。

而齊爾維斯特因為是熟悉的角色，一下子就錄完了。

雖然在唸片假名的名字時有些吃螺絲，但也僅此而已。

對於每一句臺詞應該賦予的情感，井上先生總是毫不猶豫，讓人感到非常安心。

錄音比預期的要早結束。

道完「新年快樂」的寒暄後，井上先生便回去了。

○小林裕介先生

小林裕介先生飾演的是艾克哈特。

這次一樣幾乎是戰鬥場面，艾克哈特的臺詞並不多。

個人認為有關艾克哈特的最大看點，就是他在蒂緹琳朵與亞絲娣德被捕後面對兩人的態度。

光從臺詞就能清楚地感受到身為斐迪南至上主義者的他有多麼恐怖，但在音響監督下了指示以後，又變得更加可怕……

「請即興加些踩踏的動作聲。」

「是。」

……居然想也不想就付諸實行，真是太適合艾克哈特這個角色了。

而且和想像中一模一樣，我不由自主發出感嘆。

錄音接著進行，場面來到了大禮堂之戰。

這次換我拜託音響監督加些即興的配音。

「啊，這裡因為會被魔導具的爆炸波及，哀嚎聲中能包括艾克哈特的聲音嗎？」

「咦？他會被爆炸波及嗎？」

「是的。前面有臺詞的這三個人以及亞納索塔瓊斯，在勞布隆托丟出魔導具後都會遭到爆炸波及。」

當初在網路上連載時並沒有寫到這個場景，所以這個段落是擷取自閒話集裡亞納索塔瓊斯視角的短篇。我大致說明經過。

「我跟平常一樣，還以為由路人角色來錄就好。那其他角色也可能會忘記呢。」

到了當天才臨時修改的情況下，很容易在確認的時候有遺漏。我雖然也提醒自己要記得才行，但多虧了優秀的錄音師助理幫忙提醒，最終並沒有任何遺漏。敬請期待各個角色新鮮的哀嚎聲。

接著請小林先生幫忙錄了路人角色的騎士3後，錄音便結束了。

「新年快樂。」

○中場休息

「在森川先生過來前，先休息三十分鐘吧。」

「是～」

緊張的氣氛一下子緩和下來，控制室也變得喧譁吵鬧。

就在這時，我聽見鈴華老師的呼喊：「那個，香月老師。方便打擾一下嗎？」

「方便啊。怎麼了嗎？」

「呃……恭喜您的作品在《這本輕小說真厲害》排行榜上榮登第一名，而且進入名人堂了。」

如同我聽得到工作室裡的所有聲音，控制室裡的人也聽得見我與鈴華老師的對話，工作人員因此一陣譁然。

「咦？現在才說？」
「鈴華老師已經畫過賀圖了吧？」
「嗚，因為我很想當面道聲恭喜……」
……鈴華老師明明都已經為我繪製賀圖了……真是大好人。
「還有，進入名人堂是什麼意思呢？雖然我也知道是值得恭喜的事情，但不知道是符合怎樣的資格才能進入名人堂，還有進入名人堂以後又會怎麼樣……」
「以前接受《這本輕小說真厲害》的採訪時，我聽說只要連續三年都是排行榜第一名就會進入名人堂。小書痴雖然不是連續三年，但這已經是第三次拿到第一名了，而且也好幾年都在前五名以內，所以才會進入名人堂吧。」
《這本輕小說真厲害》的排名，是為了盡可能向大眾介紹各式各樣的作品，所以名人堂算是一種防止暢銷作品屢屢上榜的措施。一旦進入名人堂，從下次開始就不在投票的範圍內。
「另外，艾克哈特的if線也太悲慘了吧?!」
「啊……嗯，是啊。可是，那也是沒辦法的事情嘛。況且只是假設而已，實際上並沒有發展成那樣，我才心想那寫出來也沒關係。」
「老師，您要是以為只要聲明這是if線，就不管寫什麼大家都能接受，這種想法可是大錯特錯喔！」
看來鈴華老師不能接受呢（笑）。
該不會她非常喜歡艾克哈特吧？
「可是，艾克哈特那樣還算好的喔。因為他是義無反顧，照著自己所想的去做。反倒是韋菲利特，在if線裡都不知道死過多少遍了。他常常只是受到牽連而已就喪命，那才悲慘又可憐。」
不光在艾克哈特的if線裡會死，換作其他if線，也會在被廢嫡後遭到暗殺，韋菲利特的處境可以說是相當危險。然而，他總是天真又爽朗地做出相當於闖進地雷區的舉動，讓作者非常頭疼。做為老是不顧大綱、自顧自採取行動的角色，韋菲利特與哈特姆特完全就是麻煩製造機。為了讓他們平穩地著陸在設定好的大綱上，我不知道中途多繞了多少路……
「……真是幸好韋菲利特還活著呢。」
「嗯，太好了。」
當我們隔著螢幕交談時，控制室裡的工作人員突然討論起了同個出版社旗下其他作品的廣播劇。
大家確認了行程表後，忽然間哀嚎聲此起彼落：「我怎麼從來沒聽說！在這個的兩個月之前要做這個嗎?!」「在那之後，沒有要為那部作品錄音嗎?!」「我看行程表上只有這裡而已，嗚哇……」聽著一聲聲的哀嚎，我只能在心裡默默為大家加油。
無論是哪一部作品，工作人員都很辛苦呢。

○森川智之先生

森川智之先生飾演的是伊馬內利與特羅克瓦爾。
一等森川先生抵達，馬上重新開始錄音。
「那麼先錄新角色特羅克瓦爾吧。」音響監督這麼表示後，我瞬間「咦？」地臉色發白。
「抱歉，特羅克瓦爾之前就出現過一次了。呃，在廣播劇4裡是以尤根施密特國王的身分登場。」
「嗚哇，所以是後來才有名字的角色嗎？有沒有之前廣播劇的檔案？快找出來。」
「想要確認太難了。因為連在廣播劇4的哪個段落都不曉得。」
為了避免與之前設計的聲線太過不同，音響監督他們拚命地尋找檔案。
這次因為特羅克瓦爾的角色分配給了森川先生，我還以為工作人員早就知道了，但原來並非如此。我在心裡暗暗反省，下次應該要預先確認後來才有名字的角色，或是事先提醒對方這兩個人其實是同一角色。
「啊，是森川先生的聲音。這麼剛好就找到了?!」
「不對。那雖然是森川先生的聲音，但飾演的是伊馬內利。」
找了好一會兒後，終於找到尤根施密特國王的音檔，重新開始錄音。
確認過聲線後，特羅克瓦爾的錄音很快就結束了。
儘管遭到騎士團長的背叛，還被下了危險的藥物、受到操控，但君騰．特羅克瓦爾在森川先生聲音的演繹下，迷人程度至少提高了三倍左右呢。嗯。
伊馬內利也在聽過之前的音檔後開始錄音。
「第○頁有錯字。不是『不素之客』，而是『不速之客』，請更正。」
除了這個錯誤外沒有其他問題，錄音順利地結束了。

○內田雄馬先生

內田雄馬先生飾演的是哈特姆特、雷昂齊歐與阿度爾。

「首先從雷昂齊歐開始。先聽之前的音檔。」

聽過音檔後開始錄音。雷昂齊歐的部分沒有什麼問題，一眨眼就結束了。

接著為新角色阿度爾設定聲線。最終完成的聲音聽來忠厚老實，很符合錫爾布蘭德侍從的身分。

「第○頁雖然重點在於要有指責的感覺，但語氣還是有些太強硬了。」

由於臺詞不多，很快就錄完了。

接下來是哈特姆特。

這次因為哈特姆特也上了戰場，表現出英勇奮戰的一面。不過，之前很少要求文官發出勇猛剽悍的聲音，所以過程相當有趣。

「第○頁的氣勢請再強一點。要有人在戰場上的感覺。」

「第×頁是我這邊打錯字了。請把『併沒有』改成『並沒有』。」

到了中央神殿以後，哈特姆特對伊馬內利所說的臺詞，簡直可以說是本性畢露……讓人同情起了待在同個房間裡，不得不親眼目睹現場的亞納索塔瓊斯。

編寫劇本時，國澤老師還曾提出這個問題。

「請問哈特姆特到底對伊馬內利做了什麼呢？我在思考要插入怎樣的效果音效……是『砰！』『磅！』地揮拳揍人嗎？」

「呃……其實是用刀子『噗滋』地刺了一刀再治癒，然後再刺一刀再治癒，就這樣不停反覆。不僅現場鮮血淋漓，哈特姆特還很樂在其中。」

內田先生的聲音也精準演繹出了瘋狂信徒的冷血無情，簡直是哈特姆特的化身。

希望粉絲們別被嚇得退避三舍。合掌祈禱中！

哈特姆特的配音結束後，再幫忙錄了路人角色的青衣神官3，錄音便結束了。

真是辛苦了。

「新年快樂。」

○井口裕香小姐、速水獎先生（前篇）

井口裕香小姐飾演的是羅潔梅茵，速水獎先生飾演的是斐迪南。

由於兩位主角的臺詞數量極多，這次依前篇與後篇分成兩天錄製。

「不好意思，能讓我聽聽羅潔梅茵長大後的聲音嗎？因為長大後的很久沒錄了……」

井口小姐為動畫配完音後，還要錄有聲書，所以多數時間都在飾演長大之前的羅潔梅茵，而長大後的羅潔梅茵只在廣播劇裡才出現。

「要找上一輯的廣播劇嗎？」

「我找找看。」

音響監督等人最先找到的，是羅潔梅茵長大後唸禱詞的聲音。

但禱詞的抑揚頓挫與一般的臺詞不同。「請問方便的話，有禱詞以外的音檔嗎？」在井口小姐的請求下，音響監督他們繼續尋找臺詞。

然而，接著找到的還是禱詞。

「怎麼又是禱詞。看來這邊的情節一直在祈禱吧（笑）。」

……因為這邊是為了強化馬提亞斯的能力，羅潔梅茵不停給予他祝福的場景，所以也沒辦法呢。

確認過了非禱詞的臺詞後，開始錄音。

井口小姐與速水先生因為已經很習慣角色了，錄音的進度很快。

「第○頁的『我沒看見』唸成『我並沒看見』了吧。」

「第×頁的『比起其他』請唸成『hokayori』，不是『tayori』。」

「不好意思，可以把第△頁的臺詞改成獨白嗎？」

「第□頁的『俘虜』是不是唸成『hokaku』了？」

討論著有哪裡需要修改時，也出現了常見的錯誤。

「第○頁與第×頁，都有『大人缺失』的情況呢。」

小書痴廣播劇的內容，常常是先把網路上的連載文章複製下來，再把敘述文修改成臺詞，所以經常發生少了敬稱的情況。

我自認檢查得很仔細了，結果這次不僅又出現相同的失誤，甚至因此創造出了「大人缺失」這個新名詞。

可惡。

大人缺失：係指將網路上的連載文章修改成臺詞時，忘記在人名後方加上「大人」的一種情況——請各位在內心的字典裡加上這個新單字吧。

明明是一邊修改一邊錄音，但兩位聲優的實力果然堅強。這次錄音期間，都發生過讓我忍不住喊出「太精采了！」的情況。

井口小姐的精采是唸大量神名的時候。為友軍祈求加護時，她需要唸出長長的一串神名，但居然一次就成功過關！要一鼓作氣說完其實非常困難，所以我忍不住在家裡一個人拍手叫好。

速水先生的精采則是聲音的方向。

「速水先生，第○頁你一直在跟羅潔梅茵說話，並沒有朝向亞絲娣德，但最後請轉向她。」

聽到音響監督這麼指示的時候，其實我還有些莫名其妙。因為都是對著麥克風在飾演，並沒有所謂對誰說話的區別吧。

然而，速水先生說完「了解」以後，他就辦到了。聲音的方向真的不一樣。聽得出來說話的對象從這邊的羅潔梅茵，轉向了那邊的亞絲娣德。我大吃一驚。

另外在「複製貼貼」這個場景，羅潔梅茵只是很認真且悠哉地在進行複製而已，與斐迪南的反應形成了絕妙落差。看過本傳曉得這是什麼情況的讀者，想必會聽得嘴角上揚吧。絕對不容錯過。

「今天到此為止，辛苦了。」

兩位主角的臺詞真的很多，儘管只錄了前篇而已，肯定還是筋疲力竭吧。就連在旁觀摩的我都覺得累了，那麼投入其中扮演角色的他們一定更加疲憊。

「呼，總算完成今天最大的關卡了。」

兩位配完音後，工作人員的這句話總結了所有人的心聲。

與此同時，速水先生正忙著拍照與簽名，我還聽見他說：「上次斐迪南的臺詞明明不多，這次卻不少呢。」

……嗯。下次應該還是很多，請作好心理準備吧（笑）。

「辛苦了！」

「新年快……不對，應該說辛苦了才對。」

「因為還有後篇嘛。」

○本渡楓小姐

本渡楓小姐飾演的是安潔莉卡、休華茲與錫爾布蘭德。

首先是錫爾布蘭德。

先聽之前的音檔，再開始錄音。

「不好意思，聲音的年紀能再提高兩到三歲左右嗎？」

錫爾布蘭德的聲音仍和洗禮儀式那時一樣，所以我要求了稍微調高聲音的年紀。

「第○頁唸得太像旁白了，請再偏獨白一點。」

「第×頁可以再多點報告的感覺嗎？」

修改了幾個地方後，錄音很快就結束了。

遭到信任的大人矇騙，令人備感同情的錫爾布蘭德錄完後，接著是戰鬥場景裡的安潔莉卡。

先確認之前的音檔再開始錄音。

「第○頁的場面是安潔莉卡被提醒了不能殺人，但已經不小心下手太重，所以請再多點『啊，糟糕……』的感覺。」

本渡小姐飾演時的聲音非常可愛，但若要描述這是什麼樣的場景，其實相當血腥暴力呢（笑）。

安潔莉卡的配音很快就結束了，最後是圖書館的魔導具休華茲。

「要提供之前的音檔嗎？」

「我想應該不用。」

「還是提供一下吧。」

於是確認了聲線後開始錄音。

……不過，休華茲因為是魔導具，所以不需要有什麼情緒起伏。

很順利地錄完了。

「大家辛苦了。新年快樂。」

「那個，其實這星期妳還有其他作品的錄音……」

「啊……」

寒暄前，還得先了解接下來工作上會遇到哪些人，真是辛苦呢。

但我能夠悠哉地這麼心想，是因為我平常就在家工作，這陣子也都足不出戶以免確診新冠肺炎，很少與人見面的關係吧。一想到自己也很少在現實世界中與人道年末的寒暄，忽然覺得有些寂寥呢。

○諸星菫小姐

諸星菫小姐飾演的是漢娜蘿蕾與萊歐諾蕾。

從漢娜蘿蕾開始錄音。

先確認了聲線後，再請諸星小姐根據之前的音檔將聲音的年紀提高兩到三歲左右。因為羅潔梅茵的聲音已經變得相當成熟了，若不跟著稍微提高年紀，兩人會有明顯的落差。

漢娜蘿蕾只在一開始的時候稍作登場，所以諸星小姐這次主要扮演的可以說是萊歐諾蕾。萊歐諾蕾因為是女性護衛騎士，隨時跟在羅潔梅茵身邊，意外地臺詞還不少。

先確認過之前的音檔後，開始錄音。

「第○頁的語氣請再急促一點。因為她即時發現安潔莉卡的動作不妙，馬上想提醒她。」

「第×頁『變出盾牌』的重音好像不太對。」

在戰場上下達指示的萊歐諾蕾英氣勃勃，帥氣迷人。

個人也很喜歡她身為年長幾歲的女性，指點羅潔梅茵時的樣子。

錄音比預定的時間要早結束。

「今年應該不會再見面了吧？」

「諸星小姐我確定不會。」

「好，那就新年快樂！」

我笑看著寒暄前還得這麼確認的音響監督等人，這天的錄音工作也結束了。

「香月老師、鈴華老師，今天辛苦了。」

「大家都辛苦了。」

錄音第二天

○山下誠一郎先生

山下誠一郎先生飾演的是柯尼留斯、洛飛與亞納索塔瓊斯。

先聽過之前的音檔再開始錄音。

首先是洛飛。

對於蒂緹琳朵的穿著打扮感到困惑的配音真是太棒了（笑）。

接著是柯尼留斯。

「第○頁的『安潔莉卡，換手！』再有氣勢一點。而且要有種衝到前面去的感覺，可以嗎？」

「是！」

山下先生照著音響監督的指示，也真的做到了「衝到前面去的感覺」。聲優實在了不起。

柯尼留斯基本上只有「是！」與「哥替特！」這類的簡短臺詞，所以很快就錄完了。

再來是亞納索塔瓊斯。

山下先生飾演的角色中，臺詞最多的就是亞納索塔瓊斯了。不僅被叫到大禮堂去，與勞布隆托對峙，還不得不跟著斐迪南前往中央神殿，是對艾格蘭緹娜用情專一的王子殿下。

「第○頁的『羅潔梅茵嗎?!』好像不需要叫那麼大聲。」

「第×頁的『把君騰』請改成『給君騰』。」

「第△頁的『奉獻舞』請唸成『hounoumai』。」

「第□頁請再多點心急如焚的感覺。」

「第○頁的『所在／御座す』請唸成『owasu』。」

對了對了，廣播劇裡亞納索塔瓊斯銷毀登記證的時候，會唸完整的禱詞喔。大概也只有在這裡，會出現亞納索塔瓊斯得到的黑暗之神之名吧。

想知道的人務必透過廣播劇確認。

最後再請山下先生幫忙錄了路人角色的騎士４，錄音便結束了。

「辛苦了。新年快樂。」

○潘惠美小姐、梅原裕一郎先生、石見舞菜香小姐

潘惠美小姐飾演的是蒂緹琳朵與克拉麗莎，梅原裕一郎先生飾演的是馬提亞斯，石見舞菜香小姐飾演的是懷斯與布倫希爾德。

首先都確認過各自角色的音檔後，開始錄音。

「第〇頁的『新任奧伯』有些聽不清楚。」

蒂緹琳朵直到最後都精力充沛地大喊大叫，然後被艾克哈特打暈，再被尤修塔斯一路拖著走。

只是有些細微的修正，但因為臺詞不多，兩三下就結束了。

錄音時因為是照著順序從前篇開始，所以蒂緹琳朵與克拉麗莎有時會交互出場。在旁觀摩的我始終感到不可思議，難道潘小姐都不會混淆嗎？

這次馬提亞斯的臺詞稍微變多了。

其實廣播劇後篇的序章本來是羅潔梅茵視角，但後來覺得序章還是應該用他人的視角，才更符合小書痴一貫的風格嘛。於是我把羅潔梅茵視角改成了馬提亞斯視角，再增加了點護衛騎士們的臺詞。

「第〇頁請再表現得驚訝一點。」

請馬提亞斯的粉絲們多加期待。

隨著場景來到圖書館，休華茲與懷斯登場了。

石見小姐所飾演的懷斯依然可愛無比。多麼希望本渡小姐所飾演的休華茲可以與懷斯一起錄音。

除了可愛，其他沒有需要修改的地方，所以錄音很快就結束了。

最後，是布倫希爾德在看到渾身散發女神之力的羅潔梅茵時所說的臺詞。

雖然就這麼一句而已，但如果沒有身邊的人加以描述，羅潔梅茵根本察覺不到自己正處於怎樣的狀態，所以這句臺詞非常重要。

「辛苦了。新年快樂。」

○玄田哲章先生

玄田哲章先生是這次加入的新聲優。

飾演的是傑瓦吉歐。

「咦？玄田哲章先生？咦？不會吧？」聲優陣容敲定時，外子來來回回看了信件好幾遍。當下我便明白，這一定是很厲害的人物吧。實際上，也真的很厲害。

老實說，我一直在想像能贏過速水先生扮演的斐迪南的聲音會是什麼樣子？沒想到聽完以後，心服口服。我真心覺得「這嗓音的主人確實連速水先生扮演的斐迪南也贏得過」。選角人員的能耐果真不容小覷。

明明只有聲音而已，但玄田先生聽來就是很強。儘管也是因為對角色的說明為「蘭翠奈維國王」，所以聲音極有威嚴。

「第〇頁離宮的發音請配合其他人。」

「第×頁並不是對著眾人，而是對著勞布隆托在說話。因為有點距離，請注意一下聲音的空間感……」

「第△頁請稍微有些傻眼的感覺。」

我們一如往常提出了要調整的地方，但印象中玄田先生也提出了不少問題。

「『古得里斯海得』這個名詞我該抱著怎樣的心情說？」

「呃，這其實是變出國王證明的一句咒語，所以心情上就像是在展示水戶黃門的印籠（印鑑盒子）……？」

「祭壇上發生了哪些事情？我為什麼會突然出現在這裡？」

「這很難三言兩語說明呢。總之就是你離開了能夠與神對話的地方以後，外面就是祭壇上方……這樣可以理解嗎？」

「這句『此刻就成為魔石吧』又是什麼意思？」

「呃，呃……」

中途加入的聲優不曉得之前的劇情與故事背景，所以很難說明。好比睿智女神的降臨、登記證被銷毀後思達普的突然消失，玄田先生都覺得一頭霧水吧。

畢竟是花了三十幾集累積而成的設定，只靠一輯廣播劇的劇本根本無法理解，要說明也不容易。

即便如此，靠著「大概就是這樣」、「故事是這樣的發展」、「有這樣的設定」等等這些籠統說明，玄田先生仍是完美達成了我們的要求，讓人佩服職業聲優的能力。

斐迪南的「趕緊滅亡吧」vs.傑瓦吉歐的「此刻就成為魔石吧」！

敬請期待。

○金元壽子小姐

接著又有新的聲優加入。

金元壽子小姐飾演的是亞絲娣德。

「先來設定聲線吧。」

亞絲娣德的聲音就和想像中一模一樣，無可挑剔。尤其是那種畏畏縮縮的怯弱感太到位了。在斐迪南的瞪視下，實在惹人憐愛。

「第〇頁這邊是我打錯字了。我打成『打開了了』，請把其中一個『了』去掉。」

「第×頁的『很好／良い』請唸作『yoi』。」

「第△頁這邊不是慘叫，而是窒息時的那種痛苦呻吟。」

只有幾個地方稍作修改，錄音很順利地結束了。

「辛苦了。新年快樂。」

○小西克幸先生

小西克幸先生飾演的是艾爾維洛米。

先確認之前的音檔，再開始錄音。

「第○頁的語氣請比測試時再強硬一點，然後多點空靈虛幻的感覺。」

「第×頁『身蝕』的唸法是不是錯了？」

「第△頁前半段再多點超凡脫俗的感覺。」

小西先生說話的節奏或者說那種帶有神秘感的抑揚頓挫，非常出色。

完美呈現出了艾爾維洛米非人的存在感。

然後也請小西先生幫忙錄了路人角色的騎士2。

錄路人騎士時，他的聲音忽然變得強勁有力，聲線的切換令人佩服。

真是辛苦了。

○井口裕香小姐、速水獎先生（後篇）

井口裕香小姐飾演的是羅潔梅茵與梅斯緹歐若拉，速水獎先生飾演的是斐迪南。

這天雖然只錄後篇，但臺詞量說不定比前篇還要多。因為錄了很久。

「第○頁的『領主一族』請唸成一個單字。」

「第×頁請加上『大人』。」

「第△頁的『回鄉起』請改成『回想起』。」

「第□頁請再表現得焦急一點，講話速度要變快。」

井口小姐與速水先生都很習慣小書痴系列的錄音了，所以一邊看著劇本，一邊毫不間斷地配音。因此新角色梅斯緹歐若拉也沒有在最一開始就設定聲線，而是等到快登場的時候才設定。

「老師，梅斯緹歐若拉現在的聲音如何？」

「嗯……聲色現在這樣沒有問題，但我希望說話方式再像女神一點。現在這樣太像人類了……」

「那該怎麼說話才像女神呢……？」

音響監督納悶地反問後，我「呃……」地努力組織言語回答。

「就是說話要有一種節奏，或是給人的感覺很虛無縹緲……啊，就像剛才的艾爾維洛米那樣。」

「原來如此。能馬上播放艾爾維洛米的臺詞嗎？」

「那我放了。」

讓井口小姐聽過艾爾維洛米的臺詞後，再請她以類似的方式演繹。

速水先生則是過長的臺詞與片假名名字太多，在這方面比較辛苦一點。偶爾他會發出「啊啊……」的低吟，反覆重錄好幾遍。

即便有些細微的修正，但他與傑瓦吉歐對峙時的冷酷、與梅斯緹歐若拉的互動，以及用下巴使喚亞納索塔瓊斯時的感覺等等，都和我想像中一模一樣。

除此之外，還有斐迪南不顧貴族身分發出怒吼的場景、戰鬥結束後他與羅潔梅茵以及領主一族的對話等等，對斐迪南的粉絲來說，這次有很多必聽重點喔。

「今天就是那個了吧。接下來應該不會再見面了？」

「應該是不會了喔。」

「好，那就新年快樂。」

「呵呵……新年快樂。」

○上田燿司先生、岡井克升先生、遠藤廣之先生、坂泰斗先生

上田燿司先生飾演的是奧伯．戴肯弗爾格與休特朗；岡井克升先生是勞倫斯、年輕時的勞布隆托與柯提斯；遠藤廣之先生是年輕時的傑瓦吉歐與梅吉爾德；坂泰斗先生是戴肯弗爾格的騎士2。

上田先生先聽過奧伯．戴肯弗爾格的音檔後，再開始錄音。

「第○頁不是『不能在』，而是『不在』。」

當奧伯以沉穩又充滿磁性的嗓音喊出「迅疾更勝疾風女神休泰菲黎茲！」時，我的心臟彷彿被人一箭射穿。

中途，上田先生再聽了休特朗的音檔，岡井先生則是確認勞倫斯的音檔。

這些角色的配音都十分順利。

前篇最後有一幕回憶的場景。

年輕時的勞布隆托與傑瓦吉歐都在此時登場。

「下一個。要來設定聲線了嗎？是年輕時的勞布隆托與傑瓦吉歐。」

年輕時的勞布隆托由岡井先生飾演，年輕時的傑瓦吉歐則由遠藤先生飾演。

依每個角色再去設定年輕時的聲線。

「老師，您覺得如何？」

「嗯……傑瓦吉歐請再年輕一點。然後這次錄音，因為勞布隆托的年紀會有些跳來跳去，這點需要小心。剛才的臺詞請再年輕一點。後面的臺詞目前這樣沒有問題，但我希望再多點騎士的感覺。畢竟勞布隆托是騎士，但現在的聲音聽起來比較像文官。」

調整了幾個地方、聲線完成後，便開始錄音。

聲線一旦設定好了，通常錄音工作就會非常順利。

在後篇馬提亞斯視角的序章中，勞倫斯的臺詞也多了一些。

請勞倫斯的粉絲們多加期待。

接著請遠藤先生為梅吉爾德設定聲線。梅吉爾德是亞納索塔瓊斯的護衛騎士，負責繪製第四部漫畫的勝木老師不久前才為他畫了人物設定。

「老師，梅吉爾德的聲音這樣可以嗎？」

「嗯……現在聽起來像是有三十四、五歲，但我希望再年輕一點……請調整成快要三十歲左右。」

第四部Ⅰ那時候，我為梅吉爾德設定的年紀是二十五歲，所以就算到了第五部Ⅹ，也應該還不到三十歲。

下修了聲音的年紀後完成聲線。

配音過程一切順利。

「再來是岡井先生，請設定柯提斯的聲線。」

「是。」

柯提斯的聲線轉眼間便完成了。

「第○頁的柯提斯我希望再多點侍從的感覺，類似法藍那樣？這裡不需要有腹黑的感覺。」

「第×頁的『由登記證』請改為『用登記證』。」

另外還請四人幫忙錄了許多路人角色，比如騎士與神官等等。

上田燿司先生是騎士1、青衣神官1。

岡井克升先生是戴肯弗爾格的騎士1。

遠藤廣之先生是蘭翠奈維的俘虜、騎士5、青衣神官4。

坂泰斗先生是戴肯弗爾格的騎士2、敵軍騎士、青衣神官2。

不光是路人角色，也幫忙錄了背景雜聲。

「第○頁喊『不！』的聲音請越來越慷慨激昂。」

「第×頁請即興加些騎士們快要溺水的掙扎聲。」

「第△頁要有一群騎士譁然嘈雜的感覺。」

「第□頁請發出神官們逃竄時的慘叫聲。」

為了錄出一大群騎士的聲音，聲優們會交互發出年長者與年輕人的聲音，以此來呈現出人數眾多的感覺，那幕景象非常有趣。

「是！（騎士們的應答）」

「接著換年輕人的聲音再來一次。」

「是！」

音響監督下達指示後，原本清一色中年大叔的嗓音，突然就變成了年輕人爽朗陽光的高亢吶喊，現場登時充滿了青春氣息。場景彷彿一下子從戰場切換到了社團辦公室。之後只要不著痕跡地併在一起，就能創造出有許多騎士在場的感覺。這部分就是音響監督他們的工作了。

「以上。大家辛苦了！」

對了對了，這次的錄音我還有個新發現。

「那就是我在不知不覺間，居然可以靠聲音大概地辨別出角色年紀了！」

一開始就算音響監督來徵詢意見，我也只會愣在原地，但現在卻能夠一邊思索，一邊泰然自若地給出答案。很厲害吧？

這次的觀摩讓我意識到了自己的成長，也實際體會到了經驗正在不斷累積，所以非常開心。

※此篇配音觀摩報告刊登於二〇二三年五月十日發行的「廣播劇9」之官網，收錄時予以增刪修改。文中內容與日期皆以當時為主。

因爲同時還有漫畫單行本的作業，拖了很久才交稿，
但這次也有配音觀摩報告漫畫喔，而且是第九輯！
大家好，我是鈴華，一切平安。

企劃
每次觀摩廣播劇的配音，
都會讓我感慨這世上許許多多的人，當下也都在自己的工作崗位上努力著，並且因此得到了力量。

羅潔梅茵／梅斯緹歐若拉：井口裕香
斐迪南：速水奬
齊爾維斯特／前任君騰：井上和彥
傑瓦吉歐：玄田哲章
特羅克瓦爾／伊馬內利：森川智之
柯尼留斯／洛飛／亞納索塔瓊斯：山下誠一郎
哈特姆特／雷昂齊歐／阿度爾：內田雄馬
漢娜蘿蕾／萊歐諾蕾：諸星堇
馬提亞斯：梅原裕一郎
艾克哈特：小林裕介
尤修塔斯／勞布隆托／海斯赫崔：關俊彥
安潔莉卡／錫爾布蘭德／休華茲：本渡楓
布倫希爾德／懷斯：石見舞菜香
克拉麗莎／蒂緹琳朵：潘惠美
瑪格達莉娜／瓦拉瑪莉娜：田村睦心
艾爾維洛米：小西克幸
索蘭芝：宮澤清子
奧伯・戴肯弗爾格／休特朗：上田燿司
亞絲娣德：金元壽子
赫思爾：渡邊明乃
萊蒂希雅：長繩麻理亞
勞倫斯／柯提斯：岡井克升
梅吉爾德：遠藤廣之
戴肯弗爾格的騎士：坂泰斗

第九輯同樣分成前後篇！隨著第五部即將邁入尾聲，這次的聲優陣容同樣非常豪華。

※名單省略敬稱

這一輯有緊張刺激、令人心跳加速的君騰競賽！
斐迪南大人的魔王面貌在此體現得淋漓盡致！
小書痴的下剋上
廣播劇第九輯
配音觀摩報告漫畫
鈴華

隨著劇情進入第五部後半，
羅潔梅茵都會先確認聲音的年紀再開始錄音，這已經成了慣例。
這次因爲是井口小姐與速水先生一起錄音，
羅潔梅茵與斐迪南又有很多一來一往的對話……
斐迪南大人
羅潔梅茵
斐迪南大人！
羅潔梅茵
這是在……打情罵俏？
正以現在進行式畫著第二部漫畫的我，實在覺得很不可思議。
玄田先生飾演傑瓦吉歐，從他開口說出第一句話……
真是教人懷念……
是天籟啊~~~!!
我就被收服了。
「古得里斯海得！」這一句，
唸起來要像是拿出水戶黃門的印籠一樣嗎？
聽到「複製貼貼」時我該作何反應？
類似「妳在說什麼啊」這樣？
關於這裡……
他會先仔細確認每一句臺詞的背景情境，
然後作出精準完美的詮釋，實力太堅強了……！

就算是同一句臺詞，經常也會改變語氣錄很多次。
噢噢噢！
噢噢噢。
噢噢……
哈特姆特的讚美還分了三個階段，最後是選擇了第二階段。
畢竟劇情已經來到第五部，廣播劇還分成了前後篇，出場角色非常衆多，
所以確認這個步驟變得比以往還要重要。
etc…
森川先生每次都以令人嘆爲觀止的演技一人分飾兩角。
飾演特羅克瓦爾時，本要順利地開始錄音……
但萬萬沒想到，他以前已經爲「尤根施密特國王」這個角色配過音了。
找到了嗎？
在哪？
結果一時間根本找不到當時的音檔！
工作人員得從至今錄好的大量音檔中，找出當時的特羅克瓦爾。
音檔
音檔
音檔
音檔
音檔
音檔
音檔
音檔
音檔
音檔
幸好後來成功找到，錄音也順利結束。

這次的必聽重點介紹
那雙令人不快的眼睛應該毀了才對
噫!
Z Z Z Z
真是神聖無比!完完全全是女神的化身。儘管我已親身感受到了羅潔梅茵
大人的魔力在一瞬間被替換掉
全身
所以,她全身到底是怎麼發亮的?
微微發光的羅潔梅茵
是我贏了!
君騰競賽
廣播劇也終於要進入最後的精采高潮!
請一邊聽著廣播劇,
一邊期待原著最後一集&廣播劇第十輯的到來吧!

第五部　女神的化身X

亞絲娣德

香月老師對這個角色的描述為：「洋娃娃般對母親言聽計從的大小姐。」給人的感覺就是乖巧聽話，時常窺看旁人的臉色。左上角是插圖用的草稿，身穿睡衣，頭髮也是隨意編個麻花辮。

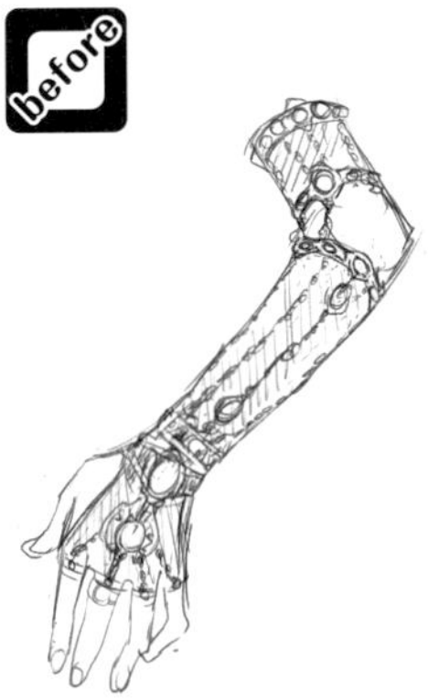

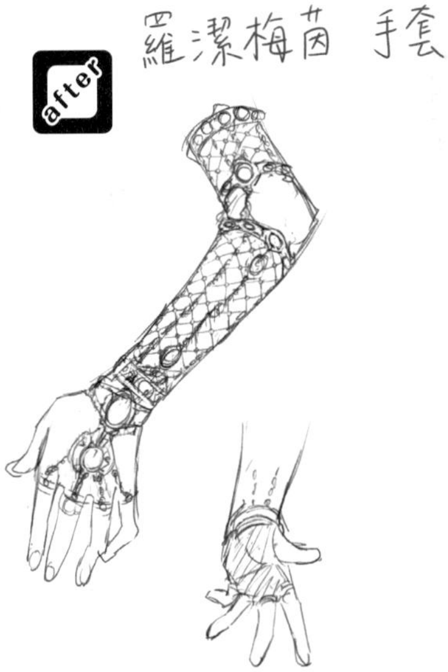

第五部　女神的化身XI

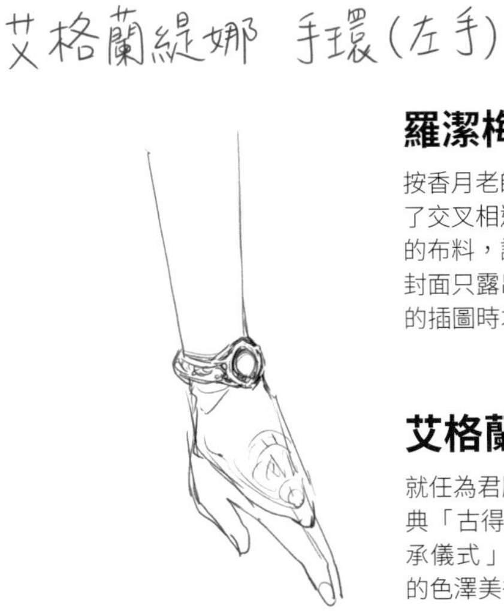

羅潔梅茵的手套

按香月老師的要求，手臂上的鍊子改成了交叉相連，並且刪除手背與掌心部分的布料，讓鍊子可以直接接觸到肌膚。封面只露出了極少一部分，到了奉獻舞的插圖時才有詳細描繪。

艾格蘭緹娜的手環

就任為君騰時，要利用這個手環變出聖典「古得里斯海得」。專為封面的「繼承儀式」想像圖所設計。正中央魔石的色澤美得教人驚嘆。

亞歷山卓地圖

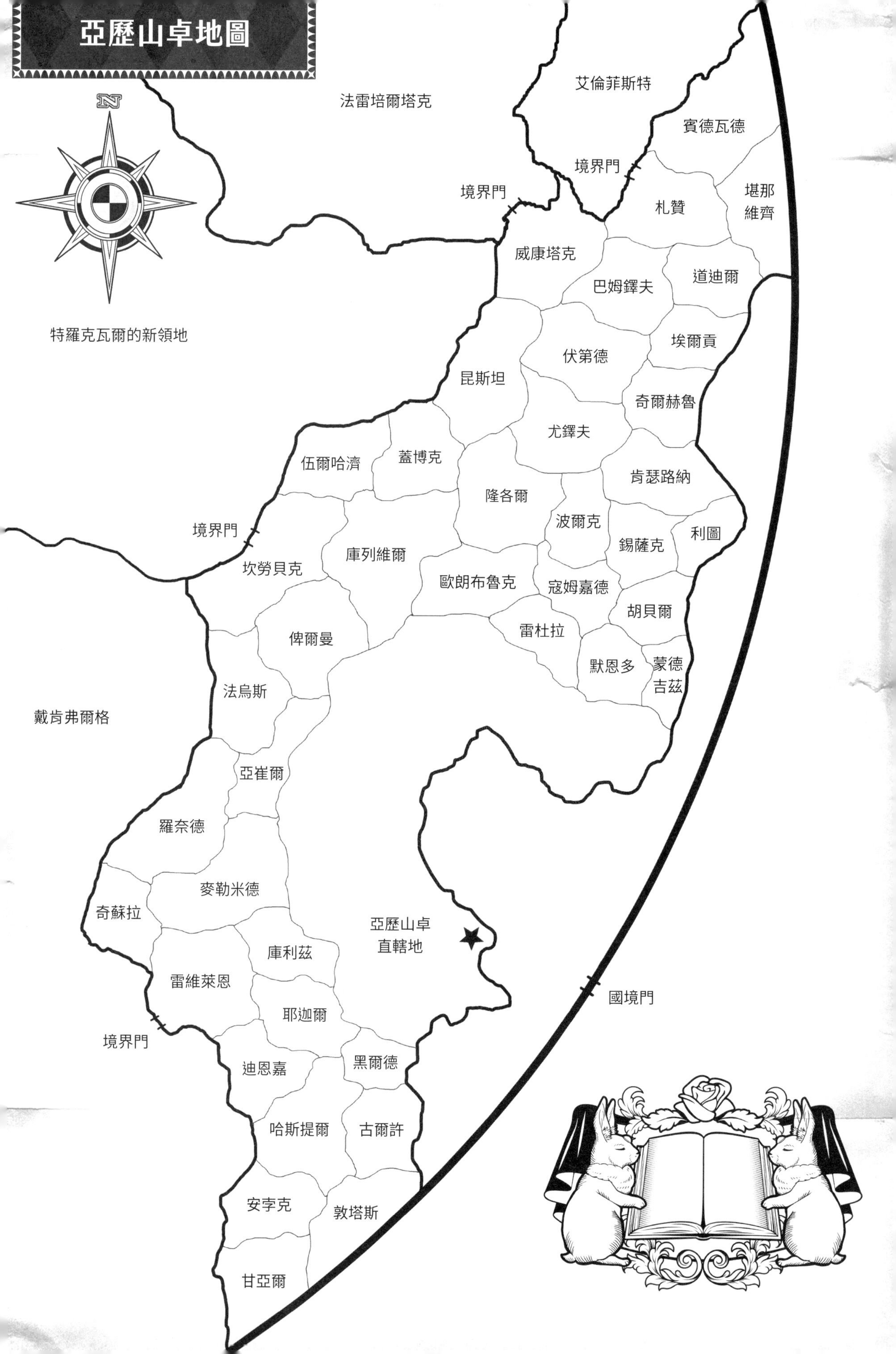
N
艾倫菲斯特
法雷培爾塔克
賓德瓦德
境界門
境界門
堪那
維齊
札贊
威康塔克
道迪爾
巴姆鐸夫
特羅克瓦爾的新領地
埃爾貢
伏第德
昆斯坦
奇爾赫魯
尤鐸夫
伍爾哈濟
蓋博克
肯瑟路納
隆各爾
波爾克
利圖
境界門
錫薩克
庫列維爾
坎勞貝克
歐朗布魯克
寇姆嘉德
胡貝爾
俾爾曼
雷杜拉
默恩多
蒙德
吉茲
法烏斯
戴肯弗爾格
亞崔爾
羅奈德
麥勒米德
奇蘇拉
亞歷山卓
直轄地
庫利茲
雷維萊恩
國境門
耶迦爾
境界門
迪恩嘉
黑爾德
哈斯提爾
古爾許
安孛克
敦塔斯
甘亞爾

漢娜蘿蕾大小姐。
～FANBOOK8 全新短篇～
番外篇
比迪塔的理由
漫畫：勝木光
柯朵拉。
我通過考試了喔。
發生了緊急事態，請您立即返回宿舍。
ニコ…
笑……
哥哥大人帶著見習騎士們前往了艾倫菲斯特舍嗎……?!

事情為什麼會變成這樣?!
聽說藍斯特勞德大人打算向艾倫菲斯特提出要求，
好讓大小姐能成為圖書館巨大蘇彌魯的主人。
因為那兩個魔導具是王族的遺物，他似乎是認為，漢娜蘿蕾大小姐若能成為他們的主人，有助於提高您的威望。
圖書館的蘇彌魯……
著迷
真是太可愛了。
有機會真想成為那種大型蘇彌魯的主人呢。

不巧的是，您這句話似乎被拉薩塔克聽見了。
漢娜蘿蕾大人她說……
拉薩塔克
藍斯特勞德的近侍
我只是自言自語而已……
從沒想過要搶走蘇彌魯主人的位置，藉此提升自己的威望。
怎麼能給艾倫菲斯特造成這麼大的困擾呢……
得馬上去阻止哥哥大人！
……方才亞納索塔瓊斯王子已經捎來奧多南茲，把洛飛老師叫過去了。
如今的事態已經不是大小姐能夠出面解決的了。
要是我上一堂課就通過考試……！
就能阻止哥哥大人了……
您還是老樣子錯過了時機呢。
……這句話一點也不算是安慰。
噹啷
噹啷
噹啷
噹啷
噹啷

砰！
沙
過沒多久，哥哥大人一臉非常不高興地回來了。
沙
沙
看來結果不變，還是由羅潔梅茵大人繼續當兩個蘇彌魯的主人。
沒有搶走本來屬於艾倫菲斯特的權利，
呼
我眞的如釋重負。
……話說回來，竟然在比迪塔時擊敗了戴肯弗爾格，
還在王子的認可下成為王族遺物的主人，
羅潔梅茵大人和我不一樣，眞是優秀的領主候補生呢。
雖然很想當面道歉，
但優秀的羅潔梅茵大人已經通過所有考試，我完全沒有機會與她打到照面。
該怎麼做才能見到她呢？
完

香月美夜老師Q&A

二〇二三年五月十四日至五月二十二日這段時間，在「成為小說家吧」網站的活動報告上向讀者募集了提問，在此奉上回答。

香月美夜

Q 最高神祇、五柱大神及其眷屬神中，尤根施密特毀滅了也不介意派與反而希望尤根施密特毀滅派，比例是幾比幾呢？

A 尤根施密特是封印住部分埃維里貝的重要場所，所以沒有神祇希望它毀滅。

Q 尤根施密特境內若是出現了匯集人類信仰的活動，那會產生新的神祇嗎？就像泛靈論那樣。

A 並未出現過類似的信仰活動。但曾發生過人類在取得神力後，變成了與神同等的存在，只不過這算是意外。

Q 人們平常會向最高神祇與五柱大神祈禱，那大神若結婚了會變成六柱大神嗎？

A 不會，與之結婚的另一半並不會成為大神。畢竟對象未必是某位大神的眷屬神，也有可能是見習神祇或是無法成為神祇的存在。

Q 故事裡有海之女神，那有湖泊或河川女神嗎？

A 有河川女神。概念上分為海水與淡水。

Q 薇歌繆希是誰的眷屬，正式名稱又是什麼女神？

A 薇歌繆希是慈悲女神，原是土之女神的眷屬，現在是光的眷屬神。

Q 諸神想降臨到尤根施密特的時候，非得附身不可嗎？

A 是啊。往尤根施密特送去神力後，雖然可以如精靈般以發光的狀態窺看這個世界，但如果想要降臨，就必須附在人類身上。

Q 從梅斯緹歐若拉散髮這點來看，可知諸神的世界裡也有成人與孩童的區別，那麼也有類似於貴族院的學習機構嗎？

A 沒有。偏向於跟在師傅身邊學習的都帕里學徒制度。

Q 之前說過埃維里貝因為無法忍受漫長的孕期，所以除了梅斯緹歐若拉外，蓋朵莉希懷上的其他孩子都因為他而流掉了。那梅斯緹歐若拉都已經出生了，為何埃維里貝還執著於要殺了她呢？

A 因為她是擁有神力的孩子，不僅養育上很花時間，養育期間也會一直分走蓋朵莉希的注意力。但只要不與蓋朵莉希接觸，生命就不會受到威脅。

Q 蓋朵莉希因為埃維里貝的病嬌吃盡了苦頭，那她現在對於埃維里貝究竟有著怎樣的情感？

A 多虧了艾爾維洛米將埃維里貝的一部分封印在尤根施密特裡，所以他現在變得收斂許多，希望現狀能一直持續下去。

Q 向混沌女神祈求他人陷入不幸時，那個「他人」自是不用說，但祈禱後會得到加護的話，代表祈禱的人自己最終也會陷入混沌嗎？

A 正所謂害人害己，獻上祈禱的人也將迎來混沌。

Q 梅斯緹歐若拉相當討厭斐迪南（庫因特），那她對於羅潔梅茵（梅茵）的真實想法是什麼？她對羅潔梅茵是喜歡還是討厭，抑或沒有任何想法？

A 在祂的認知中，羅潔梅茵是個經常獻上祈禱，就魔力而言也方便降臨的身蝕之子，但並沒有好惡這類的情感。斐迪南是因為對艾爾維洛米太無禮了，梅斯緹歐若拉才討厭他；而羅潔梅茵只是因為顯眼而已，並沒有想過對她是喜歡還是討厭。

Q 梅斯緹歐若拉為什麼喜歡坐在艾爾維洛米的肩膀上？難不成這是她降臨時的固定位置？該不會與初任君騰見面時也是這樣吧？這是從小養成的習慣嗎……這樣的畫面令人莞爾，個人非常喜歡。

A 因為她小時候都坐在艾爾維洛米的大腿上，但如今艾爾維洛米成了巨木，無法再坐大腿，她只能改坐到肩膀上。畢竟能坐的除了肩膀，就只剩下頭頂了……

Q 梅斯緹歐若拉的殺生禁令有期間或是對象的限制嗎？好比登記證和思達普的有無。

A 雖然沒有特別的限制，但因為神祇能感知到的對象僅限持有思達普的人，所以自然地就有這一層限制。若前往創始之庭與睿智女神交涉，或許就能更改對期間以及對象的限制。

Q 安瓦庫斯明明分得出庫因特與梅茵，為什麼還聽從了艾爾維洛米的要求，讓羅潔梅茵長大？

A 因為艾爾維洛米拜託了他。「這個的容器太小了，能讓他長大嗎？」「包在我身上。」類似這種感覺。

Q 艾爾維洛米與尤根施密特的基礎是連在一起的嗎？那麼要是尤根施密特崩毀，艾爾維洛米也會消失嗎？

A 與其說是連在一起，更像是尤根施密特的基礎很靠近他的心臟。尤根施密特一旦崩毀，艾爾維洛米便會跟著消亡，他所封印的部分埃維里貝也會被釋放出來。

Q 故事裡說過，神不遵守規定的話也會受到懲罰，那艾爾維洛米明明曾想基於自己的偏好更改君騰競賽的結果，這樣不會受到懲罰嗎？

A 不會。因為在他的認知中，他並不是要更改結果，而是因為勝利者拋棄了自己的義務，不肯採取行動。當初會舉行競賽，本就是因為沒有人能夠抵達尤根施密特基礎魔法的所在，所以才決定要給予勝者指引，令其提供魔力。然而，斐迪南卻來放了魔導具就走，對於基礎魔法的所在與前往方式沒有表現出任何興趣。倘若斐迪南在回到創始之庭時，要求了艾爾維洛米告訴自己如何前往基礎魔法，艾爾維洛米卻拒絕表示：「你雖然贏了，但我不喜歡你。再者，我屬意的君騰人選是羅潔梅茵，所以我不會告訴你如何前往。」這樣的話就會遭到懲罰。

Q 閱讀的時候，我一直以為諸神在給予加護時，並不識得獲得加護的每一個人類，但難道其實可以辨別個體，並且在判定對方不值得給予加護後，就把自己的加護收回來？

A 諸神並不會特別去監視個人。只不過，透過離婚這類會簽下名字的契約書，就能輕易地辨別個體，並在對方違反與神所簽訂契約的時候，收回部分加護與祝福。

Q 斐迪南對艾爾維洛米的行為可說是相當無禮，那麼諸神中與艾爾維洛米交情不錯的神祇，會不會因為看斐迪南不順眼，就收回曾給予他的加護？

A 加護是諸神在收到人類奉獻的魔力後所給予的回禮，所以除非是違反了與神所簽訂的契約等，有忤逆的行為，否則神不會基於個人好惡就收回加護。

Q 除了達穆爾曾從尤葛萊莎那裡得到加護，想要斬斷孽緣的阿道芬妮也曾虔誠地向祂祈禱，那麼現在主要是怎樣的人想取得祂的加護呢？

A 想取得尤葛萊莎加護並向祂祈禱的，大多是想要離婚，又或是在家裡過得抑鬱不樂而想要離開家人身邊的人，才想要斬斷孽緣。另外還有一種人是自然而然便得到尤葛萊莎的加護，那就是為了家人想要快點長大獨立，並為此努力不懈的人。達穆爾因為斯基科薩一事，不想給家裡的人添麻煩，也因為受罰後被降為見習騎士，想要早日擺脫這個身分並且離家自立，於是在神殿裡賣力工作，因此得到了尤葛萊莎的加護。

Q 要是亞納索塔瓊斯沒能及時銷毀登記證（假設傑瓦吉歐已經為國境門供給完魔力，回到了貴族院（中央）），那麼傑瓦吉歐便會喪命，也就違反了梅斯緹歐若拉所下的禁令。屆時要受罰的人是亞納索塔瓊斯還是斐迪南？還有神會降下什麼處罰？

A 受到處罰的會是銷毀登記證的亞納索塔瓊斯。懲罰內容則是收回諸神所給予的加護與思達普。

Q 索提爾拉德與黎蓓思可赫菲是如何看待男性迎娶第二夫人、第三夫人的這種行為？

A 在祂們的認知中，這是找人輔佐正式配偶的必要行為。其實這樣的婚姻，本是源自於第一夫人無法誕下子嗣。所以在神看來，正式的配偶只有法拉與盧多那而已，第二配偶的亞希斯與第三配偶的利頓都是負責輔佐正式配偶、幫忙彌補不足的人。

Q 從神的角度來看，身蝕是怎樣的存在？在人類眼中，身蝕是平民出身且擁有魔力的人，但感覺神不會在意人類的身分。另外從神的角度來看，貴族父母也會生下身蝕嗎？

A 對神來說，在魔力屬性趨於僵化的尤根施密特內，身蝕的存在就像是一種緩和劑。因為古老家系的貴族若彼此通婚，代代延續下來，子孫的魔力會益發沒有彈性。魔力越有彈性就越有利於染色，反之則會增加難度，而且不僅不容易懷有身孕，也很難藉由祈禱增加屬性。但只要與身蝕結婚，子孫魔力僵化的情況便能有所緩解。另外，貴族之間同樣會生出身蝕，而且就算魔力量足夠，也會因為受洗前是淡淡的全屬性，無法測出屬性，所以大多只能成為下人，無法繁衍子嗣。

Q 尤根施密特成立後已經過了漫長的歲月，但文化與文明的水準還是很低。那麼從前是否存在過失落的技術，有過高度的文明呢？還是為了抑制發展，秩序女神那邊動了什麼手腳？（基於想讓箱庭保持穩定等等的理由）

A 對諸神來說，尤根施密特是維持著良好平衡的箱庭世界，所以任何可能帶來隱患的發明都會遭到抹除。

Q 之前說過很久以前戴肯弗爾格也出過君騰，既然當時那位君騰沒被金色蘇彌魯排除，代表他喜歡的事物中不包含迪塔囉？那他在戴肯弗爾格領內應該是有些與眾不同的怪人吧？

A 是啊。他只是喜歡思考戰術謀略，但若以戴肯弗爾格人的標準來看，並不算喜歡戰鬥，而是喜歡學習的怪人。

Q 芮荷希特拉在得到梅斯緹歐若拉之書、成為君騰以後，似乎仍會跑去艾爾維洛米那裡大發牢騷，那她當時是以怎樣的路徑進入創始之庭？是去最奧之間跳奉獻舞嗎？還是經由圖書館？

A 當時還常在貴族院的中央棟內舉行儀式，基礎魔法也都盈滿魔力，所以艾爾維洛米不需要關閉通道，基本上都是打開著的。當然偶爾也會經由圖書館前往。

Q 尤根施密特的初任國王向神獻名了嗎？目前已知獻名是諸神之間簽訂契約的一種衍生，所以是神在約束人類後，人類才學會了這個方法嗎？

A 是的。但不是向神，而是向艾爾維洛米獻名，並且要為了艾爾維洛米與尤根施密特鞠躬盡瘁。梅斯緹歐若拉因為對君騰的表現十分滿意，才授予了梅斯緹歐若拉之書道：「你就活用這本書裡的智慧，繼續為艾爾維洛米效勞吧。」

Q 古得里斯海得被製成魔導具後，一直到現在的國王，總共經歷了幾任？

A 並沒有持續到現在的國王喔。另外，使用過古得里斯海得魔導具的前任君騰是第八任。其實還傳給了第九任的沃迪弗里德，但在他就任之前，政變便爆發了。

Q 既然很久以前也會在畢業儀式上跳奉獻舞，那麼若有畢業生能打開通道，當下會走上祭壇，進入創始之庭，見到艾爾維洛米嗎？

A 久遠以前的奉獻舞並不是為了畢業儀式，而是為了取得思達普而跳。奉獻舞的目的在於證明自己具有成為君騰候補的資格，其實是一種取得全屬性思達普的儀式。不久後才又發展出了加護儀式，為的是提前確認能否在跳奉獻舞時打開通道，以及祈禱與屬性是否足夠。順帶說明，當時即便跳完奉獻舞後能夠進入創始之庭，也會因為還未完成祠堂巡禮，無法見到艾爾維洛米，只能取得全屬性的思達普而已。

Q 為什麼前任君騰選擇了將古得里斯海得魔導具傳給第二王子沃迪弗里德，而不是第一王子？

A 他是根據魔力量、性格與處理公務時的表現來決定。

Q 艾倫菲斯特建領後，末任的奧伯．埃澤萊赫與其子孫似乎沒有遭到處刑，那他們仍然維持著「埃澤萊赫」這個姓氏嗎？

A 是的，姓氏即使想要變更也是不可能的。後來因為沒有人想要繼承這個姓氏，便透過婚姻進入其他家族，或是把孩子送給人當養子，於是時間一久就不再有人自報姓氏為埃澤萊赫了。但是在那之前，只能繼續自報這個姓氏。

Q 明明是在領主一族的主導下，犯下了危及領地存亡的重罪，家名等同領名的領主一族卻還能保有原來的地位，領地也繼續存續，這種決定在尤根施密特是慣例嗎？還是說因為成為末任奧伯．埃澤萊赫的女性並未參與反叛，還向王族送去了消息，所以是念及她的功績網開一面？

A 這樣的處置在尤根施密特並非慣例，而是考量到了功績所作出的特別處置。故作網開一面的同時，也是為了爭取時間，好揪出反對君騰的人及其同謀，並且蒐集證據，最後再動手抓人。

Q 除了戴肯弗爾格周邊由前戴肯弗爾格領主一族所獨立出來的小領地外，還有其他領地過去是從大領地獨立出來的嗎？想知道是雙方衝突不斷才獨立出來居多？還是彼此都接受了這樣的結果後才獨立出來居多？

A 不少領地都是從大領地獨立出來，也有不少領地是經由廢併而被吸收。即便開端是因為衝突不斷，但要重新劃定領地邊界的人是君騰，所以所有獨立出來的領地，最終都是雙方同意後的結果。

Q 尤根施密特的貴族似乎都傾向於與同階級的親族通婚，但這種近親通婚不會帶來負面的影響嗎？

A 長期持續當然有負面影響。最嚴重的就是魔力日益僵化，以及適性容易固定。好比王族就是為了讓後代都擁有全屬性，才會選擇與血緣相近的人結婚。

Q 想像中尤根施密特的氣候會南邊溫暖（炎熱），是因為有萊登薛夫特的加護。既然如此，那最冷的應該是埃維里貝所在的貴族院（中央區域）才對，為什麼北方還會寒冷呢？

A 其實是埃維里貝不想讓人知道，但原本司掌冬天的神祇是蓋朵莉希。除此之外，也是因為埃維里貝會前往受到冬之女神蓋朵莉希庇佑的庫拉森博克。

Q 在尤根施密特，草木的生長似乎都是倚賴魔力，那麼農民施肥時要是土地沒有盈滿魔力，施肥還有效嗎？

A 肥料也是用魔獸的屍骸與魔樹的灰燼等東西製成，所以其實能為土地供給魔力。若在魔力不足的土地上施肥，多少可以補充點魔力，但不至於改變魔力不足的現狀。

Q 尤根施密特的草木會行光合作用嗎？既然植物是依賴魔力生長，感覺無法行光合作用，還是說光之女神所帶來的太陽並沒有促進光合作用的力量？

A 這個世界的光合作用方式與日本不一樣。一般的植物會透過陽光和空氣吸收些許魔力，但主要的養分還是來自土壤裡的魔力。能夠自行創造魔力的植物則被稱作魔樹。

Q 新領地亞歷山卓目前已經關閉國境門，羅潔梅茵還說過如果以後要打開，也會選擇蘭翠奈維以外的地方。那她已經知道（或者有方法知道）尤根施密特外有哪些國家嗎？不管哪個國家，都能以國境門相連嗎？

A 她只知道外面還有其他世界，但不曉得是怎樣的世界。國境門連接著的，都是有魔力持有者在求救的世界，所以相當隨機，要看諸神的指引。但現在諸神也知道了蘭翠奈維的物品會對艾爾維洛米帶來危險，所以不可能再連接至蘭翠奈維。

Q 雷昂齊歐曾經說過，當杜爾昆哈德利用國境門進行轉移時，看在蘭翠奈維人的眼裡就像是「船隻平空出現」，那麼從外國進入尤根施密特的時候，要從哪裡進入轉移陣？

A 陸地上的國境門會連接至陸地，海上的國境門則會連接至大海。當尤根施密特這邊的國境門開啟，另一邊的國度便會浮現轉移陣。想要轉移時，只要進入轉移陣即可。當尤根施密特這邊的國境門關閉，轉移陣也會消失。而杜爾昆哈德因為持有梅斯緹歐若拉之書，所以後來也在蘭翠奈維建造了國境門。

Q 領地間與領內的邊界看起來和日本的縣市邊界一樣，並非是一直線的，而是沿著河川與道路彎彎曲曲。明明用直線來畫邊界會輕鬆得多，為什麼還要沿著地形畫出蜿蜒曲折的邊界呢？

A 因為單純畫直線的話會影響到人民的生活。若不沿著地形，有些地方貴族就無法以馬車或船隻進行移動。其實最初真的只畫直線而已，但由於對生活造成太多不便，只好不停找君騰來修改，最終形成現在這樣的邊界。

Q 政變後像孛克史德克這樣無法重新劃定領地邊界時，戴肯弗爾格與亞倫斯伯罕是怎麼決定管理範園的？

A 用基貝的土地來劃分。從這裡到這裡的基貝土地歸戴肯弗爾格管轄，從那裡到那裡的基貝土地則歸亞倫斯伯罕管轄。

Q 看到艾倫菲斯特與羅潔梅茵因為儀式做出了那樣的成果，是否也有領地想將神殿整頓一番，由領主一族擔任神殿長呢？

A 正如本傳裡所說，現在法雷培爾塔克已是由領主一族在舉行儀式。但是即便如此，神殿長依然不是領主一族。儘管領主一族願意提供魔力、舉行儀式，讓土地變得富饒，但真實的想法仍是不願把照料神官的神殿業務也承攬下來。

Q 這個世界的神官與巫女並不能結婚。那麼像艾格蘭緹娜（已婚君騰）相當於是奧伯在擔任神殿長，她結婚就沒有關係嗎？

A 在諸神看來，只要已經成年，結婚不是問題。最初所謂的青衣神官及青衣巫女，指的是身穿青衣、祈求成長的未成年男女，以及不被認可為獨當一面成年人的人，所以從建國初期開始就不能結婚。但是，由於初期的神殿長都由君騰與各領奧伯兼任，而且也都結了婚，因此神殿長就算結婚也沒有問題。重點在於今後對青衣的定義吧。姑且不論久遠以前，但如今所謂的青衣神官，指的是擁有魔力、能夠拿到領主提供的補助金，在貴族區域裡有自己房間的人。究竟要讓擁有魔力的青衣神官在結婚後繼續保有其頭銜，還是遵循久遠前本來的涵義，讓已婚又獨當一面的神官改穿其他顏色的制服？畢竟藍色有著不成熟，今後仍需繼續成長的意思。

Q 既然青衣神官的藍色有特別的涵義，那灰衣神官的灰色也有宗教上的意義嗎？

A 灰衣神官並沒有宗教上的意義。只是為了能與青衣神官作出區別，而且灰色就算髒了也不明顯。

Q 尤根施密特若是崩毀，具體來說國民會發生什麼事？

A 被白沙掩沒，體內的魔力也全被吸走，最終跟著化為白沙吧。

Q 尤根施密特若是崩毀，艾爾維洛米會發生什麼事？

A 徹底消失。

Q 改用從前古老的方法選出君騰後，那麼當新的君騰上任，前任君騰一家人該何去何從呢？全家人一起回到前任君騰原本所屬的領地嗎？

A 前任君騰夫婦會住在貴族院的離宮內，輔佐新任君騰。因為新任君騰在上任前一直是住在其他領地，總不能一下子就把所有公務都丟給他，所以會進行交接。前任君騰的孩子們則是成年後，會透過結婚或任職前往他領，不能留在離宮當中。交接結束之後，引退的前任君騰夫婦不是搬到孩子或兄弟姊妹的所在之地居住，就是繼續住在離宮直到老死。

Q 與羅潔梅茵活在同個時空裡的尤根施密特貴族中，有人身上有神的血脈嗎？

A 如果把像梅斯緹歐若拉那樣，既沒有足以成為神的力量，也逃離了埃維里貝魔爪的蓋朵莉希之子及其子孫皆包含在內，其實還不少喔。

Q 在尤根施密特境內，若朝著高空一直往上飛，最終會抵達某個地方嗎？

A 不會。最終只會飛到魔力耗盡，然後往下墜落吧。

Q 在半空中似乎看不見創始之庭，那在創始之庭裡看得見天空嗎？

A 可以。雖然在半空中看不見創始之庭，但在創始之庭裡可以看見天空。

Q 出入創始之庭需要艾爾維洛米大人的許可嗎？

A 只要條件符合就進得去，並不需要艾爾維洛米的許可。要不然梅斯緹歐若拉也不會要求「可以的話，請你們別再靠近艾爾維洛米了」，只要直接禁止兩人進入即可。另外即使條件不符，有艾爾維洛米的邀請也進得去。

Q 倘若稱得上是圖書館基礎的魔導具魔力枯竭了，會造成怎樣的影響？

A 地下書庫將會消失，供以取得梅斯緹歐若拉之書的通道與提示也會跟著一一消散。除此之外，圖書館內可利用神殿長鑰匙進入基礎之間的通道也會消失。屆時，只能使用在君騰．芮荷希特拉之前的君騰所使用的鑰匙和通道進入基礎之間，但從前君騰所用的鑰匙早就已經下落不明。即便有人持有梅斯緹歐若拉之書，查得到鑰匙的外觀與使用方式，但能否找到鑰匙也是未知數。因為就算在君騰仍持有鑰匙的時代裡留有記載，但是時間一久，要是魔力偏少且不知道那是鑰匙的近侍移走了保管用的盒子，又或是換到另一個盒子裡，與鑰匙有關的紀錄也會就此中斷。在沒有任何提示的情況下，多半也到不了創始之庭與基礎之間，因此基礎魔法終將完全枯竭，尤根施密特也會崩毀吧。

Q 繼承了阿爾芙桑緹魔導具的歷任國王與沃迪弗里德，為什麼春天還會造訪圖書館？他們既不像艾格蘭緹娜一樣有聖典的鑰匙能夠前往基礎，再者古得里斯海得魔導具裡已經收錄了國王所需的知識，也不需要去地下書庫深處補足知識吧？倘若沒有特定目的，代表春天造訪圖書館已經演變成了一種空有形式的例行公事嗎？

A 原本應該要為了國家的基礎供給魔力，所以確實已經演變成了一種徒具形式的例行公事。但也不是什麼都不做，還是會在休華茲與懷斯的帶領下為圖書館的基礎魔法供給魔力。

Q 通往地下書庫的鑰匙是由上級圖書館員負責保管，但中級館員索蘭芝曾經提到過「春天來訪時的行事」，代表她知道圖書館與尤根施密特的基礎有關聯嗎？

A 不，她並不曉得。「春天來訪時的行事」指的是君騰造訪期間，帶路的工作要交給休華茲與懷斯，圖書館員則是「收到指令之前都得在辦公室裡待命」、「絕對不能離開辦公室」。

Q 漫畫版第四部第二集裡有艾倫菲斯特舍的平面圖，當中「他領貴族的客房區」是指什麼？難不成舍監（＝中央貴族）本來都是住在這個區域？另外與王族談話的時候，關於今後（小說第五部XI之後）遷往中央的人，也是以住進這裡為前提嗎？

A 就是字面上的意思。所謂他領貴族，指的是奧伯．艾倫菲斯特並不持有其登記證的人。不光舍監包含在內，就連預計要入贅且已經離開領地的斐迪南，其實在第五部XI的序章裡，原本也該住在這個區域才對。今後從中央歸來的貴族若還會回到中央，暫時應該都會住在這裡，只是這個區域很小，恐怕得再建造新的建築物。

Q 《Fanbook 7》的貴族院全景圖上，有五座被君騰．芮荷希特拉所關閉的離宮。這五座離宮和阿妲姬莎離宮各別都在有著國境門的領地宿舍附近，既然需有古得里斯海得才能打開，代表與國境門是有關聯的嗎？

A 那些離宮是久遠以前，為了配合國境門而只有六個領地的時代，由各領奧伯所使用的建築物，因此也可說是各領宿舍的起源。至於「必須要有古得里斯海得才能打開」，單純只是因為芮荷希特拉關閉時使用了古得里斯海得。離宮的關閉與政變後無法使用國境門一事並無關係。

Q 所謂「離宮」似乎是指不常用的宮殿，那麼原本君騰的住處與作為政治中樞所在的宮殿，位於現在貴族院的哪個地方呢？

A 就是中央棟。如今教師與學生們所使用的區域就是過往的政治中樞，君騰及其一族的生活區域則是在禁止外人進入的樓上。現在學生們就是在過往的辦公室與會議室裡上課。

Q 關於阿妲姬莎離宮。泰爾札（Terza）在義大利語中有第三的意思，庫因特（Quinta）有第五的意思，也就表示兩人之間只隔了一個男孩。但明明有三位公主，中間這十五年來只產下了一名男孩嗎？又或者是依家族（蘭柏萊亞、蔻拉蓮耶、懸汀思）來計算？

A 不同的世代會重新計算。傑瓦吉歐是他母親所生的第三個孩子，斐迪南是賽拉迪娜所生的第五個孩子。

Q 阿妲姬莎離宮裡，身為長女的花會去就讀貴族院嗎？

A 會。

Q 感覺王族與奧伯多半都不會意識到，可能有個自己的孩子正在阿妲姬莎離宮裡出生長大，但他們要是問起的話，離宮那邊會回答嗎？

A 不會。因為在阿妲姬莎離宮裡出生的孩子皆歸君騰管轄，向王族與奧伯發出邀請函的也是君騰，所以奧伯要問也是去問君騰。

Q 關於貴族院的交流會。領主候補生以外的學生們舉辦交流會時，都在做什麼呢？

A 交流會意在認識同樣階級的他領學生、與之交流，所以上級、中級、下級的會場是分開的。最高年級的代表會帶著新生與各領寒暄，順序則與領主候補生的問好一樣。除了代表與新生外，眾人可以隨意去找去年有過交流的人，或是今後想要有往來的人，唯一的規定就是絕不能去打擾代表與新生的寒暄。

Q 既然從三年級開始才會分成文官、侍從與騎士等課程，但孩子們在入學之前，就得決定好自己要修習哪個課程嗎？還是說升上三年級之前都還有機會更改？

A 因為有見習的工作，所以通常會在入學前就決定好。不過，在升上三年級前都還有機會更改。雖說這種情況不多，但有的人是奉父母之命後成為見習文官，卻發現自己完全做不來文書工作，於是轉到騎士課程；還有人因為受不了當見習文官的時候一直被異性糾纏，於是轉為見習侍從，換到同性居多的環境工作。這些都是基於個人因素，在快要升上三年級前才更改修習課程。

Q 斐迪南與尤修塔斯在就讀貴族院時都曾修過複數的課程，這種情況以貴族院的學生來說有多麼罕見呢？書裡還提到喬琪娜除了領主候補生課程外，也上過文官課程的課，所以對於一定年紀以上的貴族來說，這種情況並不稀奇嗎？

A 如果只是修習其他課程中有興趣的幾門課，這種情況並不稀奇。比如哈特姆特與莉瑟蕾塔為了取得醫師資格，就曾上過其他課程的課。而喬琪娜雖然修過文官課程，但也只上過藥草以及調合相關的課而已。對比之下，羅潔梅茵不僅想上有興趣的課，為了成為圖書館員還想修畢其他課程，尤修塔斯則是取得了侍從與文官的資格，二人的情況都算罕見。至於斐迪南更是連上課以外的時間都待在貴族院，修完了整整三種課程，這種人目前為止還沒出現第二個。

Q 亞納索塔瓊斯是怎麼上一年級的宮廷禮儀課？和領主候補生一起上課嗎？

A 是的，一起上課。畢竟他日後也有可能不再是王族，而且其他王族（父親的妻子們與嫂嫂）也會邀請他參加茶會。只不過，因為是以王族間舉辦茶會時的禮儀為評分標準，所以相比起領主候補生們，為他打分會比較寬鬆。

Q 之前說過貴族院的男學生們為了學習會前往中央神殿，但對於他領的人要進到中央裡來，中央的人在防衛上絲毫沒有危機意識嗎？雖然不知道中央神殿位在領地的哪個地方，但明明學生中還包含他領的領主候補生，都不擔心中央的內部情況被洩露出去嗎？還是覺得就算洩露了也不會帶來威脅，對中央很有信心？

A 中央這邊確實沒有什麼危機意識呢。但就算是他領的領主候補生，也不能帶著近侍同行，一路上又有騎士把守，所以不可能走進能夠知曉內部情況的區域。況且就算少數的未成年人有些失控，想要制伏也是輕而易舉；再者在沒有貴族的中央神殿裡，就算有幾名貴族太過胡來，導致有人犧牲，王宮的人也是不痛不癢。最主要是肆意妄為的話，只會給整個領地帶來麻煩，一般沒有貴族會蠢到這種地步。

Q 之前說過如果因為留級無法從貴族院畢業，思達普就會被封印，那麼具體而言是怎麼封印呢？

A 會趁著學生還在貴族院時，在領內銷毀其登記證，使其變為平民。因為既然成為不了貴族，也就沒有必要在貴族的名牌上進行登記。

Q 斐迪南與羅潔梅茵都是用不正規的手段取得古得里斯海得。那麼今後要在尤根施密特推廣開來的正確取得方法，究竟有哪些步驟？

A 首先要舉行儀式、獻上祈禱（眷屬神的小祠堂巡禮也包括在內），然後在加護儀式上成為全屬性↓跳奉獻舞，打開前往創始之庭的通道↓在立著白色巨木的創始之庭裡取得全屬性的思達普↓巡行大祠堂，獲得所有貴色魔石，使上空的魔法陣浮現↓在中央樓的最奧之間裡舉行儀式，發動魔法陣（這個魔法陣已由羅潔梅茵發動，所以除非基礎魔法的魔力消減過多，導致艾爾維洛米進入節省魔力模式，否則可以省略）↓前往圖書館為梅斯緹歐若拉的神具奉獻魔力，詠唱「古得里斯海得」變出梅斯緹歐若拉之書↓在金色蘇彌魯的帶領下前往創始之庭↓與化作人形的艾爾維洛米會面，取得梅斯緹歐若拉的知識。大概就是這樣。

Q 大祠堂魔法陣的發動條件是什麼？看起來應該是羅潔梅茵在貴族院裡做過的事情，但斐迪南沒有做到，而傑瓦吉歐則是在來到貴族院的短短時間內就做到了吧？

A 就是在中央樓的祭壇舉行儀式（奉獻魔力）。斐迪南第一次見到艾爾維洛米，是因為他朝著魔法陣灌注了大量魔力，從而闖入艾爾維洛米的所在。第二次見面則是因為羅潔梅茵已經發動了魔法陣，而艾爾維洛米一直在等她回來並且讓魔法陣處於發動狀態，所以斐迪南與傑瓦吉歐才能順勢進去，撿了個現成的便宜。

Q 祈禱時只要奉獻一定程度的魔力，就會出現光柱吧。那麼假使為了恢復採集場所，大家一起獻上祈禱、引發光柱後，祈禱會依據每個人奉獻的魔力量傳到神那裡去嗎？還有，如果獻上祈禱是為了取得自己並未擁有的屬性，那麼直接去小祠堂祈禱是不是最快的捷徑？

A 是啊。依據每個人奉獻的魔力量，都會傳到神那裡去。一群人一起祈禱的時候，會有利於魔力往外釋放、傳達到神那裡去，所以只想取得水屬性的話，在採集場所與眾人一起祈禱可以更快取得。但如果想要獲得其他屬性，在採集場所再怎麼祈禱也沒有用。若想精準確實地取得加護，前往祠堂無疑是最好的辦法。

Q 在大神的祠堂獻上祈禱時，羅潔梅茵是和往常一樣做出祈禱的動作，艾格蘭緹娜則是跳奉獻舞。那麼斐迪南與傑瓦吉歐又是怎麼獻上祈禱的呢？

A 斐迪南和在供給室裡供給魔力時一樣，跪下來往地板灌注魔力。傑瓦吉歐則是和問候時一樣，有祝福（自行）從戒指飛出。

Q 如今中央的領地範圍只剩下原本的貴族院，那麼中央神殿在舉行祈福儀式時，是往哪裡灌注魔力呢？各領的採集場所嗎？

A 往貴族院與整個尤根施密特。撇開各領所管理的宿舍與採集場所不說，貴族院的占地仍是十分廣大。而且讓神官與巫女回到各領以後，以目前剩下的人數來看，中央神殿能夠奉獻的魔力量已是大不如前。為艾爾維洛米所在的貴族院與尤根施密特的基礎魔法供給魔力後，會再流向全國。至於採集場所由各領負責，就連中央神殿也不能擅入。

Q 從今往後，必須是能自行取得智慧之書的人才有資格成為君騰。但如果取得最高神祇之名的儀式也是條件之一，這個儀式會開放給並非領主候補生的貴族舉行嗎？

A 不會。如果真是有望成為下任君騰的人才，奧伯應該會在升上三年級前就將其收為養子，賦予領主候補生的身分。要是連來參觀領地對抗戰的他領奧伯，也不覺得以此人的聲望與實力，應該將其收為養子、成為其後盾，為領地的將來帶來助益，那麼最終也不可能成為君騰，所以開放給領主候補生以外的貴族並無意義。

Q 取得思達普的年級改回和從前一樣後，原先上課時會用到思達普的那些課程，就得改用武器與調合道具等大量的魔導具了吧。那麼魔導具是由貴族院（中央）、出身領地還是由學生自己準備呢？課堂外想要訓練與調合的時候，沒有魔導具又該怎麼辦？

A 課堂上會用到的魔導具都存放在貴族院和王宮的倉庫裡。畢竟不可能在更改為一年級就取得思達普後，便銷毀所有的魔導具。課堂外想調合的時候，只要使用研究室，或者宿舍與城堡裡的調合室，就可以借到魔導具。雖然借的人太多時需要輪流，但這點其實就和往常一樣。因為就算有了思達普，還是得準備調合鍋與天秤等器具。不想等的人就自己準備。

Q 戴肯弗爾格曾有可能改為支持傑瓦吉歐嗎？

A 有。倘若傑瓦吉歐為尤根施密特的基礎魔法盈滿了魔力，也得到中央神殿的認可，正式坐上了君騰之位，身為君騰之劍的戴肯弗爾格自然會給予支持。

Q 戴肯弗爾格似乎有著奧伯的第一夫人必須來自他領的傳統，那麼前任領主（威迪克拉夫的父親）的第一夫人是哪個領地出身？既然政變後還活著，代表她來自某個獲勝領地吧？

A 是旁系王族。

Q 肯特普斯與拉薩塔克的母親似乎分別都是他領出身，但是政變期間戴肯弗爾格曾經禁止與他領聯姻，所以是在下禁令前結婚的嗎？

A 禁止的對象只有聯姻會直接對政變造成影響的領主一族而已，對於上級以下的貴族並沒有特別限制。

Q 多雷凡赫的貴族孩童似乎只要表現優異，就會被奧伯收為養子，因此領主候補生的人數很多。難道父母那一代的「領主一族」人也很多，族譜錯綜複雜嗎？

A 是啊。與他領相比，領主一族的人數要多得多。

Q 「艾倫菲斯特」和亞歷山卓一樣，是後來才取的新名字嗎？還是被派來此地的初任奧伯．艾倫菲斯特本來就是這個姓氏，上任後直接沿用？

A 是直接沿用成為旁系王族時獲得的姓氏。

Q 艾倫菲斯特直接沿用了埃澤萊赫的領地代表色嗎？還是說在符合國境門貴色的前提下，從黃色系中挑選了新的代表色？

A 並未直接沿用。而是配合國境門的貴色，從黃色系中挑選了新的代表色。

Q 關於亞歷山卓領徽上方的花。既然出現在了領徽上，感覺這種植物以後在亞歷山卓都會具有特殊的地位，可以告知這種花叫什麼名字嗎？

A 來源是髮飾上的花朵，並沒有取好的植物名稱。擷取自被認為是羅潔梅茵個人徽章的羅潔梅茵工坊徽章。

Q 大戰後處置罪犯時，決定將蘭翠奈維的貴族分發至各個領地，但應該還有不少不具有魔力的蘭翠奈維人（士兵與商人）留在亞倫斯伯罕領內，他們會有怎樣的下場？士兵會遭到處刑，商人則是自生自滅，和波斯蓋茲人一樣成為旅行商人嗎？

A 成功逃脫的話，會成為旅行商人存活下來；若是沒能逃走，多半會因為私怨而遭到私刑處死。

Q 在蘭翠奈維的祈禱似乎無法傳入諸神耳中，那麼在當地無論如何祈禱，都無法取得祝福與加護嗎？另外像羅潔梅茵這樣得到加護的人，到了蘭翠奈維以後不管怎麼祈禱，也都不會有用嗎？

A 就好比在貴族院內可以輕易地喚出光柱，但在遠離創始之庭的艾倫菲斯特領內卻不行。同樣地，一旦遠離艾爾維洛米所創造的尤根施密特，祈禱更是難以傳入諸神耳中。但既然還能施展創造一類的魔法，代表也不是完全傳不出去，只不過不曾在蘭翠奈維見過祝福光芒的傑瓦吉歐無從知曉。

Q 日後要成為蘭翠奈維國王的人雖然可以取得思達普，卻無法去貴族院上課，這樣還能接受到一般貴族所受的教育嗎？具體來說，比如魔力壓縮法、思達普的操控、加護與最高神祇之名的取得、因特維庫命等等，這些知識都能學到嗎？

A 雖然學習內容不會完全相同，但問題中所舉出的具體例子都會學到。

Q 傑瓦吉歐有著複數的妻子與子女，代表魔力匹配到能夠與他懷孕生子的女性不只一位。難不成蘭翠奈維國內的魔力持有者都學會了特殊的魔力壓縮法？

A 蘭翠奈維人對魔力壓縮的看重，與只要能夠操控魔力就活得下去的尤根施密特貴族截然不同。差別就像是培養職業選手的足球俱樂部與體育課所上的足球。當人們身處在必須努力壓縮與增加魔力，才有辦法存活下去的環境裡，所有人都會坦白說出自己的壓縮方法一起精進。像斐迪南與羅潔梅茵也曾是拚了命才能在貴族社會裡活下去的人。

Q 在尤根施密特會往沒了魔力的魔石灌注魔力，像充電式電池一樣重複使用，那在蘭翠奈維是用過即丟嗎？畢竟他們會不停進口魔石，很好奇是否用過就丟？

A 在蘭翠奈維當然也會補充魔力，重複使用魔石。只是重複使用多次之後，魔石會磨耗到再也無法使用，魔導具也會損壞。不僅如此，在尤根施密特只要討伐魔獸、往魔樹的果實灌注魔力，就可以輕而易舉取得新魔石；然而，蘭翠奈維除了進口與等到有魔力的人類死去外，很難有其他的管道取得新魔石。所以比起尤根施密特的貴族，他們更加小心謹慎地使用魔石。倘若親眼看到羅潔梅茵因為魔力滿溢的關係，不停地將魔石變作金粉，蘭翠奈維的王族大概會因為她這麼浪費魔石與魔力而暈倒吧。

Q 要是持有思達普的人沒有回去，蘭翠奈維的白色建築物會崩毀嗎？還是說，當初會限制有思達普的人才能當國王，只是為了防止其他人施展創造魔法（因特維庫命）這類的領主魔法？如果直接灌注魔力，沒有思達普也能為基礎染色嗎？

A 雖然施展不了領主專用的魔法，但若只是供給魔力，沒有思達普也辦得到。只要從供給室供給的魔力足夠，建築物就不會崩塌；傑瓦吉歐在出發去尤根施密特之前，也把基礎之間的鑰匙託付給了前任國王，所以暫時能由前任國王供給魔力。

Q 失去了持有思達普的國王後，蘭翠奈維的白色建築物會在多久之後崩毀？魔力持有者又會在多久之後被埃維里貝發現？

A 雖然無法修整、增建和改造，但只要持續供給魔力，建築物的形體都能繼續維持。然而以基礎魔法為中心，提供給土地的魔力會日漸變得稀薄。單純只看建築物的話，大約還能存續五十年左右的時間，但魔導具因為無法入手新的魔石，一旦損壞就無法再做新的。此外，若是有人為了魔石而討伐蘭翠奈維的王族，也會加速建築物的崩毀。

Q 班諾向神官長問好的時候會說「願能蒙受您的祝福」，而神官長也因為擁有可以釋放魔力的戒指，便以貴族的身分給予了祝福。那其他沒有戒指的青衣神官是怎麼回應的呢？只是口頭上回以一句「給予你神的祝福」而已嗎？

A 是的。只是口頭上給予祝福而已。

Q 請問寫字板在艾倫菲斯特領內以及其他領地有多麼普及？

A 看到普朗坦商會在使用寫字板後，從有生意往來的商人們開始，已經慢慢普及到了他領去。

Q 第五部XI的全新短篇中出現了住在亞倫斯伯罕海邊的平民。那麼住在南邊炎熱地帶的這些平民，他們所喝的「酒」在地球上屬於哪一種？

A 和戴肯弗爾格一樣，多是喝比蘇酒。

Q 他領的商人會買磅蛋糕回去嗎？買了以後是存放在暫停時間的魔導具裡嗎？

A 領地距離較近的法雷培爾塔克、庫拉森博克與亞倫斯伯罕的商人，會等到入秋之後食物比較不容易腐壞，並且在快要回去前才購買。盛夏時節則是只買自己要吃的份。平民商人沒有魔力，所以無法使用暫停時間魔導具。

Q 《Fanbook 5》裡曾描述過戴肯弗爾格與亞倫斯伯罕的貴族是如何度過夏天，那平民又是怎麼度過的呢？該不會每年都有很多人中暑身亡吧？

A 中暑身亡的人還不少喔。即便是在已經有冷暖氣設備的現代日本，還是有人會中暑身亡和凍死，所以這一點也不稀奇。但為了盡量避免這種憾事發生，白天太熱時平民基本不會外出，都是待在建築物內或者陰涼處休息，等到了清晨或傍晚才外出活動。

Q 梅茵有過年紀輕輕就過世的兄弟姊妹，那在埋葬上有什麼不同的風俗嗎？

A 基本上就是舉行完葬禮後，埋在墓地的角落而已。墓地一隅有專為未受洗孩童所設置的區域，就是葬在那裡。昆特他們雖然會保留一綹遺髮，夫妻間偶爾談話的時候也會提到，但除此之外並無其他。

Q 第四部VII的〈茶會對策〉裡，漢娜蘿蕾曾評論過戴肯弗爾格的藍色茶會室讓人覺得有寒意。明明藍色是夏季的貴色，她卻和我們一樣，會聯想到沁涼與寒意嗎？

A 藍色雖是夏季的貴色，但並不會讓他們聯想到酷熱，而是一種植物向其伸展而去的天空的顏色。至於會讓人聯想到溫暖的，是象徵暖爐的冬季貴色紅色。

Q 明明斐迪南都要入贅至亞倫斯伯罕了，海斯赫崔等人還與過往有意撮合的瑪格達莉娜及其兒子往來密切。他們都不會有危機意識，覺得應該避免接觸，又或是覺得過意不去嗎？

A 他們並不會覺得應該避免接觸，也不會有危機意識呢。再者當初也只是問問意願而已，斐迪南與瑪格達莉娜並未正式訂下婚約。考慮到可能在詢問的階段就遭到拒絕，所以一般訂婚對象的候補人選會有好幾位。只是曾經談婚論嫁而已，若要就此與對方及其親族不再往來，對於領主一族來說未免不切實際。況且斐迪南正是因為當初沒能與瑪格達莉娜訂下婚約，成年後才在艾倫菲斯特領內依然飽受折磨，還被送進神殿。所以對於當時的海斯赫崔等人來說，重要的是救出懷才不遇的斐迪南，讓他能以貴族的身分在大領地一展長才，這樣也能贖罪。

Q 故事中的貴族只有喬琪娜在嫁往他領後有過返鄉的描寫，請問貴族們偶爾都會返鄉探親嗎？比如兩領領主間有著友好交情的芙蘿洛翠亞，平均多久返鄉一次？

A 有的領地可以返鄉探親，有的則不行。一般並不建議與落敗領地扯上關係，所以不光是芙蘿洛翠亞，政變過後康絲丹翠也未曾返鄉。雙方頂多在領主會議和領地對抗戰上見見面、說幾句話，或者透過書信往來。進入君騰．艾格蘭緹娜執政的時代後，等到局勢稍微穩定下來，芙蘿洛翠亞大概也能返鄉了吧。

Q 之前說過平民會工作到身體不能動彈為止，那貴族也一樣嗎？

A 有些人是，但通常把家主的位置傳給繼承人後就會退休了。但退休後因為沒有年金可領，往後的生活起居得仰賴繼承人與家族。

Q 犯了罪的貴族要服哪些勞役？對舊薇羅妮卡派進行肅清時，除了罰金與處刑，罪行較輕的還會被罰去製作魔導具，那其他還有什麼刑罰嗎？

A 依罪行而定，也依下達判決的奧伯與君騰而定，無法一概而論。供給魔力也是刑罰之一。

Q 如果貴族被判以在領內銷毀登記證的刑罰，請問被處刑時會有怎樣的變化與結果。和平民一樣灰飛煙滅嗎？原地會不會留下魔石？還是和以上的預想都不一樣？

A 和魔力器官直接受到傷害時差不多。身體會化作黑泥般的液體，原地剩下魔石。

Q 故事裡常描寫到因為政變與肅清的關係，會將貴族處刑，但難道都不考慮將他們關進像白塔這種用以奪取魔力的設施嗎？

A 白塔是用來囚禁犯了罪的領主一族，並非是用以奪取魔力的設施。更何況，魔力是用魔導具去奪取。其實政變後的肅清，特羅克瓦爾曾想酌情減刑，因為他認為這一切都是由第一王子與第二王子所引起，最後相爭的第四王子與自己不過是被眾人推舉出來。然而，不識好歹的第四王子派卻擄走並殺害了特羅克瓦爾的女兒；而特羅克瓦爾本來想留下有能力的人，所以才饒了他們一命，卻遭到叛變謀反。基於以上種種，之後才開始嚴懲第一王子與第四王子的支持者，遭到處刑的人也急遽增加。當然，也有很多人是受到處刑以外的責罰。

Q 明明已經以貴族身分受洗，還是能去就讀貴族院的體面貴族，谷麗媞亞在家裡卻仍被當成了買賣的對象，這令我大受衝擊。當一家之主的行徑太過道德淪喪時，難道沒有方法能夠尋求援助，或是國家沒有法律能夠保護貴族的基本權利嗎？

A 如果向奧伯控訴一家之主言行不當，也證明了指控屬實的話，一家之主就會換人。但是表面上，谷麗媞亞的父親只是安排了女兒去威圖爾工作而已，所以並不會遭受到責罰。

Q 關於波尼法狄斯在第三部最後提到的「歷任領主才曉得的密道」，為何這樣的密道會存在呢？倘若建造密道的領主過世後，出現了取得梅斯緹歐若拉之書的君騰候補，密道的存在馬上會經由古得里斯海得被發現吧。這也是為什麼斐迪南會在第五部XI的終章裡說要「連同城堡重建整座城市」嗎？

A 因為已經連續幾任君騰都是使用古得里斯海得魔導具，不曾再出現獲得了梅斯緹歐若拉之書的君騰。再加上王族以外的人取得梅斯緹歐若拉之書，是在更久遠的時代，所以不會想到有可能被人輕易發現吧。但現在不僅斐迪南與羅潔梅茵，等到今後比如艾格蘭緹娜與下任君騰候補等自行取得梅斯緹歐若拉之書的人變多了，也會意識到該對此有所防範吧。

Q 之前說過亞納索塔瓊斯身邊都是由格里森邁亞出身的人擔任首席近侍，此外近侍中哈夫倫崔出身的人也比較多。那麼，特羅克瓦爾、席格斯瓦德與錫爾布蘭德的近侍也是類似情況嗎？對此其他領地不會感到不滿嗎？

A 正如領主一族的近侍人選大多基於母親的安排，王族的近侍人選也同樣強烈受到母親的影響。成婚之後，招攬的貴族也多是來自妻子出身的領地。這已經是不成文的老規矩了，所以各領奧伯才想讓女兒嫁予王族。亞納索塔瓊斯的同母兄長席格斯瓦德的情況也差不多。錫爾布蘭德的近侍則是在特羅克瓦爾的安排下，文官及侍從中有哈夫倫崔與格里森邁亞出身的人，但護衛騎士基本上都是戴肯弗爾格出身。特羅克瓦爾的近侍出身則更加混雜，有母親的出身領地，也有妻子的出身領地與獲勝領地等。在他就任為君騰時，近侍組成有很大的變動。

Q 瑪格達莉娜是戴肯弗爾格出身，然而指派給她兒子錫爾布蘭德的首席侍從，卻是格里森邁亞出身的年輕人阿度爾，箇中有什麼原因嗎？是因為考量到了夫人間的勢力平衡等等，還是有部分也反映了第一夫人的希望？

A 是的。正如讀者所言，這是考量到了勢力平衡，也反映出了君騰與第一夫人希望的結果。

Q 為領主候補生挑選首席侍從時，最重視的是什麼？還有當夫妻間意見不合的時候，會優先採納誰的意見？

A 最重視的就是與父母的合作關係是否良好吧。基本上會優先採納母親的意見。一般而言，奧伯並不會在孩子的教育上多作干涉。因為要從孩子當中選出下任領主，所以都是母親那邊聽取過父親的意見後，再去教導小孩。

Q 故事裡曾寫到女性侍從與文官在養兒育女之後，重新回到了職場上，但女性騎士卻沒有出現過這樣的描寫。那麼領主夫人的首席護衛騎士都是誰在當呢？還是男性嗎？

A 女性騎士也有可能回到職場上喔。只不過，鮮少有人能夠重新成為領主一族的護衛騎士。因為生產與育兒會使得女性長期無法接受訓練，加上年紀增長體力下滑，會被判定為戰鬥能力不足以擔任領主一族的護衛騎士。但重回職場後，在騎士團內十分活躍的女性騎士倒是不少。負責訓練未成年騎士的，大多就是這些女性騎士。因為許多事情都需要從母親的角度給予關心支持。另外不只領主的妻子，女兒的首席護衛騎士也大多由男性擔任。

Q 故事裡女性領主一族的部分護衛騎士，還有特別是侍從，最好由同性擔任，但是貴族女性隨著結婚生子，就會辭去近侍的職務吧。若從分開修習不同課程的貴族院三年級開始成為近侍，那麼最快四到六年就會辭職結婚，代表近侍中的女性貴族（尤其是護衛騎士）只能一直反覆任用見習生吧？

A 是的。除了僅限女性參與的茶會等場合，多數時候男性護衛騎士都能陪同。因此基本上，招攬的女性護衛騎士大多是見習生。

Q 貴族院的宿舍禁止進入異性所在的樓層，也因此需要招攬同性的侍從，但要是不會對日常生活造成影響，那招攬異性的侍從應該也沒關係吧？比如羅潔梅茵神殿裡的侍從就有男有女，那麼只要有幾名同性侍從負責沐浴等貼身事務，另外就算再招攬異性的侍從也沒關係吧。

A 有些已婚男性會招攬一到兩名的女性侍從，作為與妻子的聯繫窗口，並且准許她們進入夫妻所在的房間；除此之外，無論男女也都有人會將愛妾納為侍從。由於異性侍從容易引來這樣的誤解，因此未婚的貴族女性都不會招攬男性侍從。再者貴族侍從的主要工作就是照料主人的生活起居，因此若是招攬不能參與茶會，也不便協助更衣與沐浴的異性侍從，根本一點意義也沒有。畢竟論工作內容與工作量，異性與同性侍從間存有著巨大的差異。雖然羅潔梅茵在神殿裡納有異性的侍從，但那是因為他們也兼做文官的工作，又因為神殿的侍從使用不了魔導具，才需要有男性來做體力活。所以法藍與薩姆所負責的文書工作、神殿長的輔佐，以及吉魯與弗利茲所負責的工坊管理，這在城堡其實都是文官的工作。

Q 對貴族來說，「送孩子進入神殿」與「當成（使用魔導具的）下人使喚」，這兩者有怎樣的區別？

A 若將孩子送進神殿，能讓其他人家知道這是貴族的孩子；但若當成下人使喚，沒有人會知道孩子的存在，身分等同是平民。當初斯基科薩就是以達道夫之子的身分成為見習青衣神官、進入神殿，因此還俗後才能破例進入貴族院就讀。但下人不會被視作是貴族家的孩子，所以就算貴族院破例招收、就算擁有魔力，也不可能前往就讀。對孩子來說，被送進神殿會比被當成下人要好一點，因為至少還被當作是貴族家的一分子。

Q 貴族出身的下人在家裡有著怎樣的地位？

A 稱不上是這個家的一分子，而是在這個家裡工作的人。地位比家人以及貴族侍從要低，但又比僱來的平民下人要高。離家後很難生存，因此地位可能更像是奴隸。每戶人家對待的方式也不盡相同。譬如若生在基貝一家，會因為有血緣關係，還是會承攬一些比較重要的職責，像是冬季的社交季期間負責留守。若生在下級貴族人家，家裡的人又僱不起貴族侍從，有的便會因為有魔力的關係，攬下侍從的工作。

Q 之前說過從前結了婚的夫妻若是離婚，就會很難再取得最高神祇的祝福，那如果離了婚的人後來又舉行加護儀式，會不會因為無法得到光與暗的加護，進而失去了這兩種屬性？像席格斯瓦德與阿道芬妮離婚的時候應該還是全屬性，很好奇他後來還是全屬性嗎？

A 並非只有從前，而是只要離了婚，便會難以取得最高神祇的祝福。因為夫妻二人等同違背了結婚時所簽訂的契約。但只是離婚後難以取得祝福而已，在那之前得到的加護等等並不會消失。

Q 如今羅潔梅茵三個人都被任命為新領地的奧伯，那麼初任奧伯的全名裡，會加上象徵初任的某些特有名詞嗎？（比如波尼法狄斯是林肯伯格家的第一代，所以全名裡有「歐爾」這兩個字）

A 不，並不會。特羅克瓦爾與席格斯瓦德因為原是王族，沒有姓氏，所以會加上新的家名（領地名），變成名字．奧伯．領地名。羅潔梅茵則因為沒有與齊爾維斯特解除養父女關係，所以成為奧伯後會有很長的名字：羅潔梅茵．多塔．林肯伯格．阿多地．艾倫菲斯特．奧伯．亞歷山卓。

Q 獨立後的小領地領主一族，是沿用原本的家名嗎？

A 初任奧伯的全名裡還會有原本的家名，但有了新的領地名後，從下一代開始原本的家名就會消失。

Q 跟隨主人前往他領的貴族在迎娶妻子或是招贅夫婿後，可以重振家族嗎？

A 稱不上是重振，就跟一般的情況一樣，結婚後成為分家。

Q 重振家族時，需要重新取個姓氏嗎？

A 如果是成立新的家族就需要更改姓氏，名字當中會加上「歐爾」。

Q 向羅潔梅茵獻名的所有角色應該都成了亞歷山卓的貴族吧。這樣一來，只要有奧伯羅潔梅茵的許可，他們就可以成立新的家族與結婚嗎？

A 雖然不會成立新的家族，但只要有羅潔梅茵的許可，就能結婚。羅德里希與谷麗媞亞只要等到成年，隨時想結婚都沒問題。只不過，馬提亞斯與勞倫斯雖能結婚，但考量到與艾倫菲斯特的關係，羅潔梅茵不能自行決斷。因為他們本該被連坐處刑，所以羅潔梅茵必須以奧伯的身分，與齊爾維斯特商議要如何處置罪犯的親族，然後再作決定。

Q 想知道女性成為一家之主的情況。尋常的貴族或就任為基貝的女性，即使單身也能當一家之主嗎？

A 要當一家之主，基本上都得是結婚之後。若是成年後必須盡快繼承家主之位，那麼只要已有婚約在身就有可能；但在連結婚對象也還沒有確定的情況下，是不可能成為一家之主的。這點無論男女都一樣，與性別無關。只要已經成年、也有訂婚的對象，即便是女性也能成為一家之主。

Q 《Fanbook 7》裡可以知道女性成為奧伯的條件非常嚴苛。既然如此，為何貴族們仍視（非暫代的）女性奧伯為可行的選項之一呢？

A 因為為了血脈的傳承與家族的延續，由女性成為奧伯的選項還是應該予以保留。沒有必要堅持只由男性繼承，把女性從選項當中剔除。

Q 床笫間被灌注魔力的人，似乎都會感到抗拒與痛苦，那麼魔力量大的人與魔力量小的人，感受到的痛苦也有程度差異嗎？如果一邊是有魔力的人，一邊是沒有魔力的人，這樣還會覺得痛苦嗎？

A 痛苦的程度差異因魔力量的差距而定。並不是其中一人會比較痛苦，而是雙方一樣痛苦。另外一旦超出魔力感知的範圍，由於感受不到魔力，也就不會覺得痛苦，但代價是無法懷有子嗣。

Q 與他領的人訂婚時，魔力配色與訂婚儀式是在哪一方的領地進行？哈特姆特與克拉麗莎曾正式進行過魔力配色與訂婚儀式嗎？

A 基本上婚事是由雙方的父親進行交涉，因此會趁著領地對抗戰或者領主會議等他領貴族便於集結的場合，在進行魔力配色後訂下婚約。倘若隔年在貴族院還見得到面，有時就會在隔年交換魔石。見不到面的話，則會像蒂緹琳朵造訪艾倫菲斯特一樣，由迎娶方到另一方的領地。哈特姆特與克拉麗莎則是趁著領地對抗戰時，進行了魔力配色與交換訂婚魔石。而訂婚儀式說穿了就是要在親族面前亮個相，但因為在哈特姆特等人前往戴肯弗爾格之前，克拉麗莎就一個人跑來了，所以男方並未去戴肯弗爾格露面。後來是克拉麗莎的父母帶著嫁妝來到艾倫菲斯特，為女兒的魯莽之舉道歉，當時便為了在親族面前亮相舉行了訂婚儀式。

Q 關於女性的性教育。既然不是由貴族院像健康體育課那樣安排學科課，那麼是由各自宅邸裡的侍從給予指導嗎？那給予指導的時機是既定的嗎？比如就讀貴族院之前，或者是魔力感知開竅之後等等。

A 是各自在家裡給予指導，指導的時機也各不相同。大多是選在要去就讀貴族院的時候，或者是魔力感知開竅的時候。

Q 見習巫女時的梅茵曾經遭受陀龍布攻擊，並且在斐迪南往體內灌注魔力的時候感受到了巨大的痛苦。那貴族的胎兒若經由母體接收到他人的魔力，不就還有可能喪命？

A 如果只被灌注少許的魔力，母體的排斥會強烈到並不立即造成影響，但假使無視排斥的反應繼續灌注魔力，腹中的胎兒就會喪命吧。

Q 這個世界的貴族會使用高齡生產這個詞彙嗎？

A 語言本身並沒有這個詞彙，但若超過三十歲才第一次生產，一般都認為從體力來看會有危險。另外比起年紀，更重視魔力是否匹配。

Q 倘若第一與第二夫人相繼離世，又或是因為失勢等原因導致出現空缺，就會像喬琪娜那樣從亞倫斯伯罕的第三夫人升為第一夫人吧。那如果男性家主有意的話，可以再迎娶新的第二、第三夫人嗎？

A 倘若還有一名妻子，可以再迎娶一人。若是所有妻子都不幸離世，那麼最多可以再迎娶兩人。

Q 明明娶回來當第三夫人更無損於雙方家族的名聲，為什麼有人還是想將像谷麗媞亞那樣以貴族身分養大的女孩納為愛妾？這麼做有什麼好處？

A 理由有百百種。有的是男方已經有三位夫人了，卻還是不滿足；又或是想要有個可以對其為所欲為，還不會有半句怨言的女性。有的是女方想與男方保持關係，但又不想花錢正式締結婚姻關係，以及懷孕生子。

Q 薇羅妮卡派是因為中級貴族為主流，又會苛待身分地位比自己低的人，才會出現荒淫無度的惡習嗎？

A 這不是理所當然存在的惡習，而是個人差異。不只貴族，平民當中也有好色之徒，這點在舊薇羅妮卡派與萊瑟岡古一族內是一樣的。還有一些貴族雖然好色縱慾，但在管理層面上表現良好。然而谷麗媞亞是被父親賣掉，所以真要說的話仍屬特殊情況。

Q 尤根施密特的貴族社會非常重視名聲，那麼（尤其是女性的）名聲受損時，究竟會帶來哪些負面影響與實際損失呢？

A 會很難和常人一樣結婚吧。因為貴族從小養育女兒長大，就是為了將來以聯姻與其他家族建立關係，如今卻無法盡到貴族的義務。若能成為被好好保護起來的愛妾就算不錯了，但更可能被家人以安排工作地點為由，當成「想怎麼對待都行的存在」賣掉。

Q 菲里妮透過魔力確定了親子關係後，才能以亡母的孩子之身分舉行洗禮儀式，那麼除了母子外，父子也能做親子鑑定嗎？

A 可以。斐迪南就是與父親確定了親子關係後，才以艾倫菲斯特領主一族的身分舉行洗禮儀式。

Q 非全屬性的人彼此結婚，有可能生出全屬性的孩子嗎？

A 雖然不是完全不可能，但在如今的尤根施密特可能性極低。

Q 羅潔梅茵在魔力感知開竅之前，梅茵時期明顯就能感受到魔力往思達普與武器集中的流動與份量，所以就算魔力感知還沒開竅，也能感受到流動的魔力嗎？

A 在自己體內流動與往外釋出的魔力本來就可以感受到。而且魔力壓縮就是一種靠著自我意志操控體內魔力的技巧，所以早在魔力感知開竅前就開始練習了。基本上魔力感知是一種感應，用來找到能與自己孕育後代、魔力量與自己匹配的人。

Q 羅潔梅茵因為已被斐迪南染色，成為了全屬性。而且關鍵似乎在於她擁有埃維里貝的印記，又一直持續著被染色的狀態。那如果一般的身蝕在採集思達普前也被全屬性的人染色，同樣能在創始之庭內取得思達普嗎？

A 原因並不在於她一直持續著被染色的狀態，而是因為被染色的是魔力器官。一般的身蝕不會連魔力器官也被染色，所以不可能抵達創始之庭。

Q 斐迪南曾說「要完整染色更是不難」，那麼完整染色究竟是指怎樣的狀態？若無法完整染色，會對身體或魔力帶來什麼不良影響嗎？

A 相當於是讓魔石完全染上自己的魔力。斐迪南的意思只是從羅潔梅茵的體質來看，要將她染色並不困難，但就算沒有完全染色也不會造成什麼問題。況且除非既是身蝕又是埃維里貝印記之子，否則一般而言魔力都會互相影響，其中一方不可能被完全染色。

Q 複製貼貼的時候，既然兩人的魔力性質相同，那麼就算不讓羅潔梅茵喝下同步藥水與液狀魔力，也應該幾乎感受不到抗拒吧。那斐迪南大人究竟感受到了什麼呢？

A 羅潔梅茵的魔力因為受到了席格斯瓦德求愛魔導具的影響，使得兩人的魔力性質不再如同往常相似，所以斐迪南感受到了些許排斥。

Q 為了讓羅潔梅茵體內的神力達到枯竭，故事裡決定要施展大規模魔法，但難道不能用緋亞弗蕾彌雅之杖收回祝福嗎？

A 緋亞弗蕾彌雅之杖原本是用來讓人平心靜氣，後來才演變成一種儀式，在比迪塔時從得到了力量的騎士們那裡收回祝福，強迫他們冷靜下來。最主要是得到祝福的方式也完全不一樣。人們為他人祈求所給予的祝福，會像塵埃一般附著於身體的表面。即便得到了複數的祝福，也不會為身體帶來不良的影響，用水一沖就能全部沖掉。然而，艾爾維洛米所求的祝福是為了讓羅潔梅茵能為基礎魔法染色，所以等於將好幾種不同的液體（神力）強行灌進她的體內。這些液體混合在一起時還會產生奇怪的反應，對身體造成傷害，所以就算用水沖洗，也無法影響體內的力量分毫。

Q 如果對其獻名的主人向自己灌注魔力，會有排斥的感覺嗎？

A 當然會。獻名後主人的魔力就像是在身體表面加了一層束縛，但獻名者自身的魔力並沒有任何改變。

Q 故事裡說過，雖然羅潔梅茵已經將亞倫斯伯罕的基礎染色，但魔力上卻是斐迪南成了奧伯，而不是染有女神魔力的她。既然獻名以後會被主人的魔力包覆住，那麼在使用會辨別個人身分的魔導具時，獻名不會造成影響嗎？

A 獻名後只會在表面形成一層包覆的魔力，內部的魔力並不會有變化。

Q 裝獻名石的盒子大概有多大？因為在與臉色難看的王族談話時，斐迪南還能趁著中間的休息空檔向羅潔梅茵獻名。

A 差不多是能放在羅潔梅茵掌心上的大小。

Q 與王族談話途中，羅潔梅茵在看到斐迪南遞來的獻名石盒子時，描述上只說了是一個「白色盒子」。她為什麼沒有意識到那是裝有獻名石的盒子呢？

A 因為獻名石的大小與形狀因人而異，即便是相似的白色盒子外觀，也不會全都一模一樣。

Q 尤根施密特的基礎已經用諸神的力量染色過了，那要重新染色的難度有多高？難不成在艾格蘭緹娜擔任君騰這段時間，想要徹底重新染色都不太可能？

A 不會。在羅潔梅茵被諸神之力染色後，斐迪南得用人類的魔力將其魔力器官重新染色；而對比下，艾格蘭緹娜只需將受到諸神之力影響，但盈滿了羅潔梅茵魔力的基礎重新染色，所以兩者的難易度截然不同。艾格蘭緹娜因為是王族，又是古老家系出身，魔力幾乎沒有什麼彈性，但身為身蝕的羅潔梅茵魔力非常柔軟，對艾格蘭緹娜來說要重新染色十分容易。倘若被諸神之力染色後，為國家基礎注滿魔力的人是斐迪南，她恐怕就得耗費大量的心力才能重新染色。因為斐迪南也是古老家系出身，魔力沒有什麼彈性。

Q 對於齊爾維斯特等領主一族來說，能夠發動轉移陣的只有將基礎染色的奧伯而已，這可以說是常識，但在第五部X〈計謀的報告〉裡，好像只有羅潔梅茵一個人以為「只要是在供給室登記了魔力的領主一族都能發動」。為什麼在認知上會有這樣的差異？

A 因為轉移廳的門扉，需以奧伯持有的通往基礎之間的鑰匙才能打開。而奧伯過世之後，只要下任奧伯已在供給室登記了魔力，又是夫妻子女這類有著相近魔力的血親，那麼即使還沒將基礎完全重新染色，也能拿著基礎鑰匙打開轉移廳、發動轉移陣。所以羅潔梅茵才以為只要是在供給室進行了登記的領主一族，都能拿鑰匙來開門。齊爾維斯特等人則認為，基礎鑰匙是奧伯能夠抵達基礎魔法所在的證明，因此持有者只會是奧伯，完全沒想過斐迪南會持有。再加上，在場有些人曉得羅潔梅茵是平民出身的身蝕，有些人則以為她是卡斯泰德的女兒，所以毫不認為兩人的魔力會相近，也就認定斐迪南即使持有基礎的鑰匙也開不了門。正因如此，大家才會懷疑斐迪南是否讓冬天提早到來，已將羅潔梅茵染色。雙方都沒有錯，只是沒有一致的共識。

Q 跨領地轉移陣的發動需要由奧伯親自動手，但羅潔梅茵就讀貴族院三年級的時候，亞倫斯伯罕領內並沒有奧伯。那亞倫斯伯罕的學生是怎麼到貴族院的？

A 很簡單，就是由得到了基礎鑰匙的蒂緹琳朵發動。蒂緹琳朵未婚，還未受到他人魔力的影響，所以魔力仍與前任領主十分相近。

Q 基貝宅邸的基礎結界是如何判定基礎持有者的血親？

A 根據魔力的相似程度。

Q 亞納索塔瓊斯做為要輔佐君騰的丈夫，明明沒有古得里斯海得，還是得（巡行祠堂）成為全屬性。所以君騰的職務中，有必須是全屬性才能做到的事情嗎？過去因為有古得里斯海得魔導具的關係，應該也曾出現過並非全屬性的君騰。然而，丈夫卻得是全屬性才能輔佐女性君騰，這有什麼具體的理由嗎？

A 古得里斯海得魔導具會被製作出來，就是為了讓非全屬性的人還是能當上君騰，但亞納索塔瓊斯並未持有，所以必須讓自己擁有全屬性。

Q 故事裡說了亞納索塔瓊斯若要輔佐君騰，並不需要取得古得里斯海得，只要擁有全屬性即可。但他連同眷屬在內已經是全屬性，所以意思是大神那邊也必須是全屬性吧。那麼小祠堂巡禮、加護的再取得、大祠堂巡禮、往圖書館的梅斯緹歐若拉神像灌注魔力取得外觀等這些步驟，需要進行到哪一步呢？可以的話還請告知。

A 在第五部XI這時候，亞納索塔瓊斯並不是全屬性。由於他取得的思達普並非是全屬性的關係，所以和錫爾布蘭德一樣無法進入大祠堂。最好是能巡行小祠堂，並做到加護的再取得這個步驟。

Q 如果持續地往魔石直接灌注魔力，最終魔石就會變作金粉。那為什麼用攪拌棒往調合鍋裡的魔石灌注魔力時，魔石只會融化，卻不會變成金粉呢？

A 因為是放在調合鍋裡進行調合。

Q 如果使用羅潔梅茵的魔石，可以進行全屬性的調合嗎？

A 可以。

Q 既然索蘭芝老師可以用羅潔梅茵的魔石為休華茲與懷斯提供魔力，代表使用他人的魔石供給魔力時，所供給的魔力是來自魔石的持有者嗎？

A 沒錯。就和調合時為了將原料染色，會用自己的魔力將混雜的魔力推擠出去一樣。只要原封不動地將魔石中羅潔梅茵的魔力推擠出去，就可以為休華茲與懷斯供給羅潔梅茵的魔力。

Q 貴族以及魔力持有者對於身體強化有著怎樣的認知？

A 在他們的認知當中，身體強化是一種技能。如果要像遇到火災時的爆發力一樣只施展短短一瞬間，有時候無意識間就能辦到，但不會想要進行訓練，刻意地長期使用。因為日常生活中不太需要這項技能，而且舉凡強化視力以看清遠方、拿取重物、討伐魔獸等等，各自都有能夠達到這些作用的魔導具。其次若想習得這項技能，需要相當大量的魔力，就算有輔助用的魔導具也得花上以年為單位的時間才能徹底學會，長時間的使用更是非常消耗魔力。儘管戰鬥時能讓騎士具有優勢，但魔力也會很快耗盡，所以在這個除了上課之外很少需要戰鬥的時代，不太需要習得這項技能。反之像是政變期間，在敵人隨時有可能來襲的情況下，這項技能便十分有用，所以老一輩中會使用這項技能的貴族比年輕世代要多。

Q 如今梅斯緹歐若拉之書已經改回了從前的正確取得方式，那麼每當有人離世，書裡增加了新的記述時，個人所持有的梅斯緹歐若拉之書也會補充新的內容嗎？

A 必須自行前往創始之庭，進行更新。但話雖然這麼說，通常一旦完成了梅斯緹歐若拉之書，即使不去更新知識也不會影響到君騰職務的執行，更不會影響到生活，所以幾乎沒有人會特意去更新。另外也是因為人死之後，新的記憶並不會立即被納入書中，得等到梅斯緹歐若拉編輯過後。至於要過多久才會收錄新的資訊，是以神的時間為基準，這點需要注意。

Q 斐迪南與傑瓦吉歐取得梅斯緹歐若拉之書的時間並不相同，假使兩個人都獲得了完整內容的話，傑瓦吉歐的書裡會有斐迪南那時候還沒有的內容嗎？而羅潔梅茵得到的，應該都是斐迪南沒有接收到的內容，那麼其中是否包含了他在取得梅斯緹歐若拉之書後才增加的新資訊？

A 倘若接收到了完整內容的話，那就有。不管是傑瓦吉歐，還是羅潔梅茵。

Q 在羅潔梅茵、斐迪南與傑瓦吉歐三人持有的梅斯緹歐若拉之書裡，最新的記述來自什麼時候？又是誰的記憶？

A 最新的記述應該來自政變的肅清那時候。由於沒有特別想好名字，無法指名道姓，但分別是在政變中亡故的王族、因肅清而遭到處刑的旁系王族以及某上位領地的奧伯。在那之後，應該幾乎沒有魔力量足以載入梅斯緹歐若拉之書的人死亡。

Q 君騰競賽開始時，曾描寫到三個人同時變出梅斯緹歐若拉之書，在半空中畫起轉移陣，但斐迪南與傑瓦吉歐無法變出複數的思達普，是用什麼畫轉移陣的呢？

A 梅斯緹歐若拉之書與筆是成套的。其實斐迪南很常在自己的梅斯緹歐若拉之書上寫東西。

Q 關於思達普的取得地點，應該是依本人當下的魔力屬性值而定。那麼，假設有一個生來獨獨缺了命屬性的領主候補生，他在反覆舉行儀式之後，儘管沒能得到埃維里貝的加護，卻從眷屬那裡得到了命的屬性，那這樣能在創始之庭裡取得思達普嗎？

A 正如讀者所言，取得地點是依本人當下的屬性值而定。但是，屬性的增加必須透過加護儀式的舉行才能確立。經由儀式與祈禱從眷屬神那裡得到了屬性後，若能形成具有一定高度的光柱，就可以得到大神的加護。之後再前往創始之庭，就可以採到全屬性的思達普。換言之，無論怎麼祈禱、增加屬性值，如果沒有先舉行加護儀式，採集思達普時就無法如實反映出當下的屬性值，只會照著出生時的適性。正因如此，從前的課程規劃才會安排在成年禮前舉行加護儀式，之後再去取得思達普。順帶說明，羅潔梅茵那時候因為完整承襲了斐迪南有著所有大神加護的屬性，所以在舉行加護儀式之前就已經是全屬性。

Q 雖然這種事情不可能發生，但如果採集思達普的時候，並沒有帶回神的意志也就是自己的魔石，而是等到增加了魔力與屬性後再次前往，那魔石的所在位置會改變嗎？

A 如果舉行了加護儀式，屬性也增加了，就會改變。

Q 在創始之庭外取得思達普的人，如果巡行了小祠堂，從所有眷屬神那裡都取得了魔石，並且重新舉行加護儀式、變成了全屬性，還有辦法將思達普改良成在創始之庭取得的品質嗎？

A 不能。

Q 設定上只有思達普變成的武器可以賦予黑色祝福，那如果把思達普變成盾牌，還能再賦予黑色祝福嗎？會不會像戴肯弗爾格的秘寶一樣，變成能夠吸收魔力的黑色盾牌？

A 可以。只不過唸了黑色咒語後，一次能夠吸收的魔力量，就是自己的魔力最大值，所以與戴肯弗爾格的秘寶相比，能夠吸取的魔力量肯定要少得多。

Q 大禮堂之戰時，中央騎士團為什麼不使用黑色武器？雖說王族禁止使用，但在攸關未來命運的大戰上，為了提高獲勝的機率，這麼做應該比較合理吧？

A 因為這種武器一般都是用來對付黑色魔物，不會對人類使用，再者詠唱咒語、變出黑色武器這件事情一天只能施展一次。聖典檢證會上，勞布隆托就已經知道了斐迪南不僅會唸黑色咒語，也會詠唱暗之禱詞，很可能再出現他們從未聽過的禱詞。而且都已經有能夠阻擋魔力攻擊的銀布了，我不認為面對斐迪南與羅潔梅茵這些對手，使用黑色武器是能夠帶來優勢且合理的手段。

Q 神殿裡的神具與用思達普變成的神具，哪一種才是真正的神具？個人認為像梅斯緹歐若拉之書那樣，用思達普變化而成的才是本來的神具；而神殿裡的神具就像是古得里斯海得魔導具，是為了那些無法自己變出神具的人所製作的魔導具。

A 神殿裡的神具魔導具是用以取得魔法陣的工具，而能夠用思達普變出神具則是最終目標。然而，這兩者都算不上是真正的神具。各個神祇持有的才是貨真價實的真品。

Q 持有複數的思達普時，可以同時將所有思達普都變成同一種神具嗎？

A 變得出同一種神具，但無法同一時間。必須一個個詠唱咒語或禱詞去變化。

Q 藉由向神具奉獻魔力所得到的魔法陣，在得到以後，每次奉獻魔力還是會浮現在腦海裡嗎？

A 是的。

Q 舊孛克史德克的轉移陣曾用來將軛拿斯巴法隆帶進貴族院，但明明政變後一直沒有奧伯，是怎麼使用轉移陣的呢？是喬琪娜曾暫時地為舊孛克史德克的基礎染色嗎？

A 答案很接近。但曾暫時地為基礎染色的，並不是渴望奪得艾倫菲斯特基礎魔法的喬琪娜，而是對母親言聽計從的亞絲娣德及其丈夫布拉修斯。他們還對基礎魔法、神殿長的聖典與鑰匙做過實驗。

Q 大規模魔法的魔法陣肯定是覆蓋了整個領地，但如果魔法陣是一個正圓形，就無法剛好地與境界門重疊了吧。既然如此，是由複數的魔法陣所構成的嗎？還是說會突出一些到其他領地去，或者魔法陣會沿著領地的邊界跟著歪七扭八？

A 這項魔法是以領地基礎為起點，所以也只會對領地內部造成影響。為免侵犯他領，會沿著領地邊界跟著形成凹凸不平的輪廓。

Q 第五部X〈夜晚的貴族院〉裡，曾寫到「漆黑的夜色裡，仍能看到貴族院上空飄浮著魔法陣」。這應該是羅潔梅茵變出來的魔法陣，為什麼沒有消失？斐迪南看得見這個魔法陣嗎？

A 因為這並不是羅潔梅茵變出來的魔法陣，而是貴族院的魔法陣。只要在大祠堂內完成了貴色魔石，就會顯現出來，但不是發動以後就會消失。斐迪南也看得見。

Q 羅潔梅茵在第四部最後給予祝福時所畫的全屬性魔法陣，為什麼會放在聖典的最後一頁，而且只有神殿長才知道？這個魔法陣原先的用途是什麼？

A 這原本是君騰要贈予尤根施密特的祝福，後來被繪製成魔法陣，用來送給自己重視的人。因為很久以前的君騰候補在繼承了聖典後，仍然必須非常努力，所以作為獎勵，當他們的魔力量達到一定程度並且擁有全屬性時，就可以看到這個魔法陣。因此這個魔法陣才會放在最後一頁，只有達到條件的聖典持有者才能看見。

Q 第四部最後的〈別離〉裡，斐迪南之前從沒見過羅潔梅茵所畫的全屬性魔法陣＝他所持有的聖典（梅斯緹歐若拉之書）裡沒有這個魔法陣，但這是為什麼呢？

A 因為這個魔法陣是一種獎勵，睿智女神只告訴了初任國王一人而已，並未載入梅斯緹歐若拉之書。

Q 根據第五部XI裡漁夫們的聊天內容，可以知道自從銀色船隻來了以後，海水就開始變得混濁。這是因為銀色船隻吸走了海水裡的魔力，將之轉換成動力嗎？

A 沒錯。當船隻從銀色轉為黑色時，其實就是在吸取魔力。而且無論從大海還是從國境門的轉移陣都吸取了魔力。這樣一來就能偽裝成有魔力的樣子，便於運送那些銀色材料。

Q 蘭翠奈維的黑色船隻在轉移時是使用了國境門的魔力，感覺這也是加速尤根施密特魔力枯竭的原因之一。那難道艾爾維洛米與諸神都感知不到嗎？

A 這確實是導致魔力枯竭的原因之一，但由於船隻是以不具有魔力的材料建造而成，因此無法感知到。

Q 披著銀色披風的時候無法使用轉移陣，那麼蘭翠奈維人是如何把銀色披風帶進貴族院的呢？

A 和有辦法越過國境門這個大型轉移陣的蘭翠奈維船隻一樣，先放進一個吸取周遭魔力後，就能偽裝成有魔力物品的箱形魔導具裡，再送往貴族院。而且這還是喬琪娜與戈雷札姆的研究成果，兩人要離開貴族區時也用了這個方法。

Q 舉凡能夠穿透魔力鎧甲的銀針、能夠阻隔魔力的銀布、能讓魔力持有者當場死亡的劇毒及其解藥等等，明明蘭翠奈維國內有魔力的貴族不多，卻開發出了這麼多肯定需要反覆實驗的獨特對抗魔力技術，並且不斷創新。那麼這些物品的開發是由當地人還是由貴族主導？

A 被開發出來的物品形形色色，有的是為了在阿妲姬莎離宮裡使用，有的是用來削弱蘭翠奈維王族的力量，有的則是喬琪娜與戈雷札姆在研究了蘭翠奈維商人所帶來的原料後，最終得出的成果。至於由誰主導，因物品而異。

Q 從蘭翠奈維帶來的即死劇毒對平民也有效嗎？

A 對於身蝕這種魔力較多的平民有效，但對於幾乎沒有魔力的平民就沒什麼效果了。只不過，尤根施密特境內並不存在完全不含魔力的動植物，所以還是會造成體內出現微小魔力結塊等等的健康危害。而每個人身體受到影響的程度都不一樣，可能因此導致原因不明的早逝。

Q 喬琪娜與蒂緹琳朵造訪艾倫菲斯特時，離開前說是有緊急通知送到了境界門，那難道不能經由境界門傳送魔導具信嗎？可以理解為何不能使用水鏡，但偏要透過境界門傳遞消息又是為什麼？想請教不同通訊手段間的差異以及使用理由。

A 其實要經由境界門傳送魔導具信也沒問題喔。但從傳送速度來看，還是奧多南茲快於魔導具信，所以如果是內容並不介意被人知曉的緊急消息，就會往境界門的亞倫斯伯罕騎士送出奧多南茲↓分享給境界門的艾倫菲斯特騎士↓艾倫菲斯特騎士再往人在艾倫菲斯特領內的喬琪娜送去奧多南茲，這樣的傳達方式是最快的。而且喬琪娜早在這個時候就開始謀劃，所以在使用奧多南茲背後，還有一層原因是想讓艾倫菲斯特的人都親耳聽到奧伯・亞倫斯伯罕的狀況不好。

Q 奧多南茲可以取消重複播放的功能嗎？從以前到現在，不知道有多少奧多南茲剛好在不恰當的時機出現，導致了家破人亡的慘劇。

A 沒有辦法。再怎麼方便的工具，使用上總有不方便的時候。如果奧多南茲可能在不恰當的時機出現，就要預先想好對策。

Q 有些場景可以看到說話者對著奧多南茲說了很長一段話，請問用奧多南茲究竟可以錄多長的時間？

A 有多少魔力就能錄多久。但接收者是否會認真聽完這麼長的訊息，那就不一定了。

Q 中央之戰開打前，羅潔梅茵身上究竟戴了多少護身符？感覺後來的大戰上消耗掉了不少護身符。另外相比之下，例如騎士身上都帶多少護身符？

A 大概有三十到四十個吧。畢竟要上戰場的她沒有戰鬥能力，所以就連護身符的種類也教人眼花撩亂，比如魔力攻擊強化、物理攻擊強化與魔力吸收等等，還分成用過即丟型的，以及可以自行補充魔力、反覆使用型的。一般的騎士都是三到五個左右，而且只有在情況非常危急、想保住性命時使用。羅潔梅茵是因為有許多人都不想讓她受到半點傷害，所以做了各式各樣的護身符讓她戴在身上。

Q 斐迪南與羅潔梅茵平常都會戴著護身符，那沐浴與就寢的時候會摘下來嗎？

A 會摘下一些，但不可能全部。至少一定會戴著兩、三個。

Q 印象中有固定騎獸用的魔導具，那主人離開以後還能維持多久的時間？另外主人若是死亡，騎獸也會消失嗎？

A 視魔導具裡的魔力量而定。主人若是死亡，騎獸便會變回魔石的外觀。

Q 如果卯足了全力往騎獸灌注魔力，以地球上的速度來說究竟會有多快？當然肯定也因每個人的魔力量而異，但很好奇波尼法狄斯大人用最快速度趕來參加慶功宴的時候，速度有多少？

A 如果只論當時的波尼法狄斯，肯定輕輕鬆鬆就超過了高速公路的法定速限吧。時速約莫有一百五十公里？

Q 女神化身狀態下的羅潔梅茵一不小心碰到魔石，就會將魔石變作金粉，但她卻成功用虹色魔石做出了騎獸。虹色魔石這麼厲害嗎？

A 相比起單一屬性強烈的魔石，虹色魔石本就是專門用來容納複數的屬性。只不過，也不是任何虹色魔石都可以。斐迪南先是精挑細選出了屬性值與容量都夠大，品質也好到足以承載諸神之力的虹色魔石後，再加工成複數的騎獸用魔石，然後交由羅潔梅茵揉捏融合，進一步擴大容量，這才能夠使用。所以是歷經一番辛勞才取得的成果。

Q 因為女神之力的影響，被羅潔梅茵碰到的魔石都會變作金粉，那為什麼騎獸的魔石與斐迪南製作的護身符沒有變成金粉？

A 因為虹色小熊貓巴士的騎獸魔石在製作時，就已經設計成了可以承受諸神的力量。至於斐迪南所做的髮飾之所以沒有變成金粉，是各種原因疊加後的結果。除了虹色魔石的品質本來就很好，也因為斐迪南是以自己全屬性的魔力進行了加工，還施加了防止劣化的魔法陣；除此之外無論佩戴還是摘除，都是由侍從經手，並未被羅潔梅茵那容易釋出魔力的指尖觸碰到。她若自己用手牢牢握在掌心裡，變成金粉只是時間早晚的問題。只是沒有立刻變作金粉而已，但也支撐不了多久。

Q 關於成了龐大據點的小熊貓巴士，腳的數量是否像四格漫畫那樣增加了？

A 腳的數量增加有助於整體穩定，所以就算多了幾隻腳也很正常。

Q 亞歷山卓領徽裡的動物已經確定是蘇彌魯了，那羅潔梅茵的騎獸要從小熊貓巴士改成蘇彌魯嗎？還是說身為奧伯，不一定非得使用蘇彌魯為騎獸不可？

A 沒有必要非得改成蘇彌魯。今後萊蒂希雅與孩子們在製作騎獸時，大概都會考慮變成蘇彌魯，但羅潔梅茵與斐迪南多半會一直維持原樣。

Q 能夠使用領徽上騎獸的應該只有領主一族，那麼本來以蘇彌魯為騎獸外形的領內貴族都不能再使用了嗎？還是說蘇彌魯的額頭上沒有魔石就沒問題？

A 是啊。只要不是領徽上額頭有著魔石的蘇彌魯，應該都沒問題。

Q 蘭翠奈維之戰中，使用埃維里貝之劍凍結船隻時，除了「使用者是男性」外，①救回被擄走的女性、②藉由封住銀針的發射口，保護戰場上的羅潔梅茵與女性同伴、③使用者四人中的兩人已有未婚妻等等，這些都是發揮出埃維里貝之劍本來威力的重要因素嗎？還有，如果③是發揮出本來威力的重要因素之一，那麼使用者夫人（包含未婚妻在內）的人數，以及與她們關係的好壞，也會影響到本來威力的發揮嗎？

A 這確實是發揮出本來威力的重要因素沒錯。但相比起與保護對象（未婚妻或妻子）的關係好壞，持劍者本人的情感和想法更會產生影響。

Q 散布魔力的祈福儀式上，要是羅潔梅茵在騎獸上不小心掉了聖杯，聖杯會摔壞嗎？往下掉時，有辦法用光帶將聖杯捲回來嗎？

A 不會摔壞，但會在地面上砸出一個大洞。可以用光帶撈回來。

Q 若聖杯在盈滿魔力的狀態下不小心掉下去了，魔力會灑出來嗎？還是說就算把聖杯倒過來，只要沒有傾倒的意圖，魔力就不會灑出去？

A 只要沒有傾倒的意圖，魔力就不會灑出去。

Q 披上黑暗之神的披風後，還能進到舒翠莉婭之盾內嗎？

A 依魔力量而定。比如披著黑暗披風的哈特姆特，並無法進到羅潔梅茵所設下的風盾裡；但披著黑暗披風的羅潔梅茵，卻能進到哈特姆特的風盾內。

Q 斐迪南為什麼會提醒羅潔梅茵，黑暗之神的披風要當作最後手段？因為有可能被當成魔力小偷嗎？

A 不是有可能，而是這種神具本就是用來吸取他人或者土地的魔力，所以完全是魔力小偷沒錯。只要想想舊孛克史德克的基貝們還曾用小聖杯奪取土地的魔力，就能知道這種行為有多麼危險，不該輕易使用。

Q 二年級時，羅潔梅茵曾對梅斯緹歐若拉的神像灌注過魔力。如果那時候再多灌注一點，是不是早在那個當下就能取得古得里斯海得的外觀了？要是在當時就取得了古得里斯海得，後來的羅潔梅茵會發生哪些事情？

A 羅潔梅茵因為是全屬性，又持有思達普，所以確實能夠取得。但只有外觀，沒有內容，仍無法履行君騰的職責。她會與王族一起調查如何能夠取得內容，然後找到貴族院圖書館的地下書庫，之後便開始巡行祠堂吧。王族的態度會比現在更強硬且不可違背，與說著「妳不是說過自己無意成為國王嗎？」的斐迪南也會完全決裂，最後形同被軟禁在中央的離宮當中，並取得梅斯緹歐若拉之書。面對艾爾維洛米要她殺了庫因特以完成內容的要求，她還在苦惱自己辦不到時，斐迪南就已經被亞倫斯伯罕的人殺害，梅斯緹歐若拉之書因此完成。但是，由於王族認為她與艾倫菲斯特的人碰面會有危險，加上不可能見到平民家人，最終會成為「不在人前露面的幕後君騰」。

Q 即使屬性不多，但如果持續向圖書館裡的梅斯緹歐若拉神具奉獻魔力，也能得到沒有內容的空白聖典嗎？另外想請問與大神的神具有什麼區別嗎？

A 倘若屬性不足，就連沒有內容的空白聖典也無法取得。大神的神具是用來奉獻魔力、獻上祈禱，幫助自己增加屬性；而睿智女神的神具，則是必須有全屬性才能取得。

Q 回復藥水無論由誰製作、由誰來喝，效果都是一樣的，該不會同步藥水也一樣吧？由於同步藥水只對製作者本人的魔力有效，所以我本來以為，就算讓人喝下他人所做的同步藥水，也不可能減輕對自己魔力所產生的抗拒吧？

A 原本的想法並沒有錯。同步藥水的作用，就是為了讓自己的魔力能夠順利進入對方體內。所以行房時，會讓對方喝下自己所做的藥水。不過，如果是未受他人魔力影響的未婚同母手足，又或者是已經完全互相染色的夫妻，視情況可以彈性使用。

Q 之前的《Fanbook》裡有過對魔力配色魔導具的描寫。那如果是無法相融的魔力，彼此會互相排斥，形成分明的界線嗎？另外像羅潔梅茵與斐迪南，一個是身蝕，一個是已經將她染色的人，兩人若使用了魔力配色魔導具，融合時會出現怎樣的光景？

A 形成明確界線的情況十分罕見，通常是融合的部分會非常狹窄細長。至於羅潔梅茵與斐迪南若是進行魔力配色，就會出現魔力在整個畫面裡融合在一起的結果，惹來兩人早已讓冬天降臨的懷疑。所以幸好他們的婚約乃王命所定，即使魔力無法匹配也必須訂婚，也就跳過了魔力配色這個步驟，直接舉行訂婚儀式。兩人的名聲都守住了呢。

Q 離婚後的求婚魔石會怎麼處理？很好奇是銷毀，還是歸還給製作者。

A 由每個人自行決定。簽名離婚時，有些人會不想要手邊還留有能夠想起這段婚姻的物品，也不希望對方持有，因此要求歸還；有些人則是因為家庭因素必須分開，所以想留下來當作紀念。

Q 對於席格斯瓦德王子所贈送的求愛魔導具，羅潔梅茵似乎無法看見滲出的魔力，這是為什麼呢？漢娜蘿蕾看得到嗎？

A 單純只是求愛魔導具擁有這樣的特性，並不是肉眼能夠看見滲出的魔力。漢娜蘿蕾也看不到。

Q 領地的代表色與聖典鑰匙上的魔石顏色是對應的。那既然往後亞倫斯伯罕的領地代表色會改變，鑰匙上的魔石顏色又要怎麼更改呢？是在某個地方登記領地代表色後，魔石的顏色就會跟著自動改變嗎？如果是的話，是在哪裡進行登記？

A 在貴族院的登記室裡進行變更。依照排名要對宿舍及茶會室的轉移門進行變更時，同樣是來這個房間，而領地的代表色也是在此進行登記。先是往登記用的魔石滴下基本色的染料，重新染色之後，領地的代表色就會跟著改變。

Q 貴族院宿舍的認證胸針（以及領地披風），都是在就讀貴族院前的開場宴頒授儀式上授予學生。那麼畢業以後，這個認證胸針還能繼續持有嗎？

A 可以。除非因為結婚之類的原因離開領地，否則一般都會繼續持有。畢竟往後為了參加孩子在貴族院的畢業儀式、領地對抗戰或領主會議，還有可能進出宿舍。

Q 新任奧伯上任後，需要調合新的貴族院宿舍認證胸針，但很難一下子就準備好領內所有貴族的份吧。那麼會在怎樣的時機，以怎樣的頻率進行調合？

A 視繼任的時機而定，一般會先為有可能前往貴族院的人調合胸針。但因為奧伯之位通常會傳給血親，所以在基礎魔法徹底被染色前，都還可以使用前任領主所製作的認證胸針，無須急著製作。不僅如此，要擱置一段時間再為基礎染色其實也沒問題。而特羅克瓦爾、席格斯瓦德與羅潔梅茵三人，則是得趕在領主會議之前，為即將參加會議的貴族們製作胸針。

Q 貴族死後，貴族院宿舍認證胸針的所有權會歸給何人？如果歸給奧伯，要到城堡提交當作是死亡證明嗎？還是作為遺物，交由遺族（之長）持有並管理？

A 認證胸針是一種能夠假冒該領貴族的魔導具，所以若是死亡或因結婚而離開領地時，一旦不再是領民，就必須歸還給奧伯。

Q 奧伯換人以後，前任奧伯所調合的宿舍認證胸針就再也無法使用，那麼舊的胸針會如何處理？新任奧伯會收回去，當成調合新認證胸針的原料嗎？

A 由於胸針已經不能使用，回收與否並沒有特別的規定。端看當時原料的有無，以及新任領主的安排，各有不同的處理方式。既可以當作是緬懷前任領主的紀念品，也可以回收。

Q 假使登記證在領地外被銷毀，因此失去了思達普，那如果再一次在登記證上進行登記，還能重新取得思達普嗎？

A 不行。諸神都是依最初的登記證辨別個人，所以每個人一生只有一次機會。

Q 若想成為休華茲與懷斯的主人，必須同時具有光與暗兩個屬性，然而即便是上級貴族，這樣的人應該也寥寥可數。既然如此，歷任擔任休華茲與懷斯主人的圖書館員，是否都是中央貴族中與各領領主旁系或者旁系王族有血緣關係的人呢？

A 是的。畢竟在很久以前，貴族院圖書館可是非常重要的設施。

Q 為什麼休華茲與懷斯有了新主人後，會要求主人賜給他們新衣？

A 因為以新主人魔力製成的衣服，有助於與主人的魔力融合。

Q 休華茲與懷斯是透過魔力辨別人類，那他們不會和艾爾維洛米一樣搞混斐迪南與羅潔梅茵嗎？

A 因為在圖書館辦理登記的有兩個人，一起出現的話並不會混淆。但假如羅潔梅茵因為女神之力的影響，魔力變得與原先完全不一樣，他們就會混淆，改稱斐迪南為「公主殿下」。

Q 休華茲與懷斯能夠辨別誰未歸還圖書館的書籍、誰擅自帶走了書，那麼究竟是怎樣的構造，讓他們能夠辨別與記錄誰沒有歸還書籍呢？是所有圖書都設有功能類似標籤的魔法陣，所以可以查到書籍有無辦理借閱，以及借閱時間有多久嗎？

A 放進閱覽室裡的每一本書，都會由圖書館員進行登記，出入閱覽室的人也都辦有圖書館登記。是根據這些來作辨別。

Q 即便只是得到眷屬神的加護而成為全屬性，休華茲與懷斯也不會再說「屬性不夠」；但如果想要走上祭壇，卻必須要得到所有大神的加護。究竟芮荷希特拉是基於怎樣的意圖，才在兩隻蘇彌魯身上添加了即使是眷屬神的加護也沒關係，但一定要判別是否為全屬性的功能呢？

A 因為芮荷希特拉會製作休華茲與懷斯，是為了要監視並管理能夠進到地下書庫深處房間的人，與祭壇沒有關係。

Q 要帶休華茲與懷斯離開圖書館的時候，必須與他們手牽手才行，那要是中途鬆開手會發生什麼事？

A 若在穿過大門的途中鬆開手，休華茲與懷斯就會無法離開，被留在圖書館內。

Q 漢娜蘿蕾做為圖書委員，幫忙供給了不少魔力，那麼假以時日休華茲與懷斯會帶著她，為爺爺大人（梅斯緹歐若拉神像的古得里斯海得）供給魔力嗎？

A 漢娜蘿蕾並非全屬性，再者現在基礎已經盈滿了諸神的力量，所以爺爺大人不再為魔力不足感到擔憂，便不可能呼喚她。

Q 明明休華茲與懷斯都是叫「羅潔梅茵」，諸神卻是用真名「梅茵」來喊她。難道登記證上會登記名字嗎？還是說，休華茲與懷斯是根據基礎上的登記魔石來稱呼？

A 休華茲與懷斯是以圖書館登記上的名字為基準，諸神則是以最初辦理登記的登記證為基準。

Q 阿爾芙桑緹所做的古得里斯海得魔導具上，關於領地基礎與神殿圖書室是相連的、梅斯緹歐若拉之書的取得方法等等，這些知識是否都有收錄？

A 阿爾芙桑緹純粹是為了讓自己最疼愛的兒子成為君騰，所以只收錄了履行君騰職責所需的基本知識而已。再者那個時候，孫子輩仍有辦法自行取得梅斯緹歐若拉之書＋當時的王族都知道這些事情，所以關於兒子無法取得的梅斯緹歐若拉之書的取得方法，她並不覺得有收錄進來的必要。斐迪南所做的古得里斯海得魔導具也一樣，因為已經預計要向眾人宣告梅斯緹歐若拉之書的取得方法，所以就沒有收錄進來。畢竟收錄了也只是浪費紙張。不過，包含在君騰職務內的領地建造方法倒是有，因此一般只要動腦想想，就能知道領地基礎與神殿是相連的。

Q 存放在圖書館地下書庫深處的古得里斯海得魔導具後來怎麼樣了？重新取得加護、變成了全屬性的特羅克瓦爾與席格斯瓦德，曾試著去拿取嗎？

A 沒有全屬性的思達普就進不了大祠堂，所以他們無法進到地下書庫深處。古得里斯海得魔導具如今仍被放在原位，多半很長一段時間都不會有人去探尋吧。

Q 斐迪南今後打算如何處置地下書庫裡的古得里斯海得？

A 他自己並沒有任何打算，因為這要交由君騰・艾格蘭緹娜去判斷。

Q 嘮叨蘇彌魯到了尤修塔斯手上後，只有他拿出來的時候，斐迪南才會聽到那些嘮叨嗎？

A 現在是由尤修塔斯持有，隨時想用就能用。因為如果交給斐迪南，甚至沒有辦法讓主人去休息。

Q 遭遇蘭翠奈維人的襲擊後，萊蒂希雅收到的（錄有她父母聲音的）蘇彌魯布偶還在嗎？

A 多半已經被搶走，或者上頭的魔石已被取出……總之已經不在萊蒂希雅手邊。

Q 羅潔梅茵成為奧伯・亞歷山卓以後，必須搬到新的領地，那麼存有她至今積蓄的公會證該如何處理？

A 貴族的卡片本就設計成了領主會議期間也能在中央使用，所以到了他領同樣可以使用。平民則是得把錢都領出來，再到新領地的公會重辦一張。

Q 一旦發現亞倫斯伯罕領內沒有陀龍布與帕露，羅潔梅茵肯定會非常遺憾，那有辦法從艾倫菲斯特進口嗎？

A 或許可以吧，但羅潔梅茵不會想這麼做。因為以陀龍布製造的魔紙是機密，帕露對平民來說又是冬季期間的寶貴樂趣，他領奧伯不該仗著權力去奪取。

Q 關於魔魚。平常在捕魔魚的似乎都是平民，那如果遇到貴族才應付得來的魔魚，都是怎麼撈捕的呢？

A 就和平民應付不來的陀龍布會交由騎士團去討伐一樣，由騎士團出馬。

Q 得由騎士團出面討伐的魔魚是可以食用的嗎？

A 有些可以食用，但並非全部。

Q 《Fanbook 3》曾回答過，冬之主會出現在艾倫菲斯特以及格里森邁亞與約瑟巴蘭納之間；夏之主則會出現在戴肯弗爾格。明明夏天只有一頭，冬天卻有兩頭，是因為庫拉森博克的居民冬天都住在地底下，所以地面上的魔獸各自往不同的方向南下了嗎？

A 是的。庫拉森博克擁有強大的土之力，到了冬天埃維里貝便會肆虐發威，而祂的眷屬們為了擴大勢力範圍，就會南下去壓制光與風的力量，於是在這兩個地方誕生冬之主。

Q 冬之主如果遲遲無法打倒，也會拖延到春天的到來。那麼，假如只有艾倫菲斯特格外迅速地打倒了冬之主，會使得尤根施密特東西兩邊的春天降臨時間不一樣嗎？

A 是。春天降臨的時間會不一樣。

Q 第一部I裡出現過蘇彌魯發怒後，眼睛變成虹色的描寫。明明蘇彌魯是種弱小的魔獸，魔力量應該很低，但難道擁有全屬性嗎？或者只是孩子們看到後這麼以為而已，準確說來不是虹色？

A 蘇彌魯並非全屬性，所以只是孩子們看到後以為是虹色而已。非全屬性的一般貴族若是生起氣來，眼睛也會像是虹色。若沒記錯，我就曾以萊歐諾蕾描寫過這樣的場面。請當成這是擁有魔力的生物的特徵。

Q 從前梅茵採集的時候，採到毒菇的機率似乎很高，莫非是因為魔力的關係？是不是她微微滲出的魔力造成了影響，導致蕈菇進化成了毒菇？

A 不是的，單純只是她沒有經驗與辨別能力。

Q 加米爾小時候一看到梅茵就哭，也是因為魔力的關係嗎？或者只是不習慣而已？

A 只是不習慣而已。另外也是因為梅茵每天都去神殿，還會頻繁使用絲髮精，所以身上的氣味與其他家人還有住家都不一樣，讓加米爾感到陌生。

Q 麗乃轉生成梅茵的時候，是否得到了什麼特別的恩典？

A 麗乃在祈禱著可以看到更多書以後，就成功轉生了，這或許就是特別的恩典吧？諸神並沒有特別賜予她什麼。

Q 第二部討伐陀龍布時，斐迪南曾利用魔力的排斥反應堵住傷口，那麼梅茵是否因為這樣的行為稍微被染色了？還是因為排斥的關係，並沒有被染色？

A 畢竟是異於自己的魔力，所以在產生排斥的同時，也多少被染色了。甚至後來喝同步藥水的時候還覺得有點甜。

Q 梅茵是從什麼時候開始能夠讀懂斐迪南的表情變化？個人在猜是從第二部III的祈福儀式之後。

A 那時候還不到可以讀懂表情變化的地步呢。是在過冬期間，因為身邊沒有人可以撒嬌，梅茵為了索討抱抱，才開始努力地想要讀懂神官長的心情與表情變化。久而久之便慢慢能夠分辨，但當然也有解讀錯誤的時候。

Q 初次見到齊爾維斯特的時候，梅茵曾用魔力威懾過奧伯，但這種行為不會被判處死刑嗎？

A 是指梅茵的簪子被搶走那時候嗎？當時還不到威懾的地步，只是魔力有些往外溢出而已。斐迪南與卡斯泰德立刻驚覺不妙，於是斥責並制止了齊爾維斯特。再者那時候的他身分不是奧伯，而是青衣神官。

Q 為何只有齊爾維斯特家與卡斯泰德家知道梅茵是平民的這個秘密，不能讓其他人知道呢？

A 因為知道秘密的人當然是越少越好。貴族身邊會有侍從與下人，誰也不曉得秘密會從哪裡洩漏出去，又遭到怎樣的利用。既然有可能讓平民家人身陷險境，若想要自保、懂得保持戒心，自然不會隨意洩漏秘密。我反倒想問，為什麼梅茵是平民一事想讓大家知道呢？我想不到這麼做有任何好處。

Q 羅潔梅茵深受家人與近侍的疼愛和尊敬，但倘若她的平民出身曝光，有人的態度會判若兩人嗎？

A 當然有。

Q 從第二部到第三部，羅潔梅茵出版的兒童版聖典分別是最高神祇與五柱大神，以及春夏秋冬的眷屬神共五冊完結（第三部IV〈增加印刷品〉）。為什麼沒有製作光與暗的眷屬神兒童版聖典呢？

A 因為沒有需求。當初是芙麗妲說：「梅茵，下一本繪本能不能仔細說明各個季節的眷屬神呢？」梅茵才製作了各個季節眷屬神的繪本。日常寒暄當中，最常出現的也是各個季節的神祇，所以正好適合剛開始學習貴族用語的人。

Q 多虧了羅潔梅茵在一年級時給予建言，亞納索塔瓊斯才沒有繼續角逐下任君騰之位，娶到了艾格蘭緹娜。那要是沒有羅潔梅茵的建言，亞納索塔瓊斯與席格斯瓦德之間會爆發紛爭嗎？

A 會。因為亞納索塔瓊斯既不願放棄艾格蘭緹娜，席格斯瓦德也無意放棄下任國王的寶座，兩人勢必引發紛爭。此次政變的起因將不再是古得里斯海得，而是艾格蘭緹娜。

Q 就讀貴族院一年級前，羅潔梅茵都不曉得古德倫的存在。但古德倫明明是首席侍從黎希達的女兒，又是林肯伯格家的媳婦，不會在茶會等場合上介紹給羅潔梅茵認識嗎？

A 羅潔梅茵能夠見到的貴族都是經過嚴格篩選，所以即便是親戚，介紹給她的貴族仍是屈指可數。而古德倫雖然是林肯伯格家的媳婦，但她的丈夫與卡斯泰德是異母兄弟，關係並不好。除非有波尼法狄斯的召集，否則古德倫與艾薇拉甚至不會見到面，侍奉過喬琪娜的她更與艾薇拉以及芙蘿洛翠亞隸屬不同派系。

Q 如果羅潔梅茵在領主會議的報告會（三年級）上，真的毫不顧忌地說出了想反駁韋菲利特的話，那她究竟會說些什麼？

A 會是嚴厲到再也無法回到兄妹關係的話語吧。比如「請哥哥大人別再任性了」，這種在羅潔梅茵看來再理所當然不過的話。

Q 羅潔梅茵在創始之庭裡昏睡了整整一個季節，為什麼會昏睡這麼長的時間呢？是因為安瓦庫斯讓她的身體急遽成長後，需要這麼長的時間讓身體適應魔力嗎？

A 這麼長的時間是為了讓身體成長以及適應。

Q 喪失部分記憶的時候，斐迪南對羅潔梅茵來說是怎樣的存在呢？她似乎認為他等同家人，也比書籍還要重要，但以她這時的標準來看，所謂家人並不像過往認知中的家人那般親密，所以十分好奇。

A 她覺得斐迪南是師父，也是恩人，而且比貴族家人還要細心地照顧自己。儘管她也很重視他，卻無法理解斐迪南為了自己能夠豁出一切的行為。

Q 羅潔梅茵必須先讓體內諸神的力量達到枯竭，然後由斐迪南染色，才能變回人類的魔力，那如果完全不想辦法，諸神的力量要過多久才會消失呢？至於要是什麼都不做的話，羅潔梅茵的體力會先耗盡這個問題先撇開不說。

A 諸神的力量比斐迪南的魔力還要強大，而且擁有埃維里貝印記的羅潔梅茵因為是整個魔力器官都被染色了，所以若不設法消除，諸神之力永遠不會消失。人的肉身也承受不了在體內互相排斥的巨大力量，所以終會喪命。

Q 羅潔梅茵會感受到傑瓦吉歐的氣息，是因為魔力感知嗎？但當時的她明明感受不到斐迪南的魔力，卻在散布魔力的祈福儀式途中突然可以感知到，這是女神的降臨與諸神的祝福所帶來的變化嗎？

A 是的。由於得有能夠感知的對象才會發現，因此判定她的魔力感知在這時候開竅了並無問題。大戰之前，為了製作古得里斯海得，羅潔梅茵喝了同步藥水＋斐迪南的液狀魔力，使得自己徹底被他重新染色，兩人的魔力性質也因此變得太過相近，所以無法感知到他的魔力＝就魔力而言不是能夠結婚的對象。後來，羅潔梅茵的魔力器官被睿智女神與諸神的力量重新染色，等到諸神的力量消減，她才開始能夠感知到人類的魔力。附帶說明，羅潔梅茵因為魔力器官被諸神染色過了，所以往後就算斐迪南使用同步藥水，也會因為諸神的影響更加強大，而無法將魔力器官徹底重新染色。這也使他成為就魔力而言能夠結婚的對象。

Q 羅潔梅茵的魔力感知能力穩定下來後，尤根施密特境內能讓她感知到魔力的，除了斐迪南與傑瓦吉歐外，不分年齡性別還有多少人？

A 即使將政變前下嫁的旁系王族也包含在內，仍然一隻手也數得出來。

Q 散布魔力的祈福儀式期間，看到斐迪南一派理所當然地觸碰自己的頭髮，羅潔梅茵曾心想道：「斐迪南大人以前會像這樣摸別人的頭髮嗎？」請問這是因為她沒有了抱抱的記憶嗎？

A 不是的。在羅潔梅茵無精打采，以及想避免後續麻煩的時候，斐迪南確實會給她抱抱或是捏她的臉頰，但從不曾主動觸摸她的頭髮。羅潔梅茵會覺得奇怪十分正常。

Q 得知羅潔梅茵取得了古得里斯海得，近侍們與親近的貴族們心裡是怎樣想的呢？

A 當然是心思各異。大致如下：「比起亞倫斯伯罕的奧伯，羅潔梅茵大人更應該成為特羅克瓦爾大人的養女吧？」「我完全搞不懂這到底是怎麼一回事，但為何大家都這麼鎮定？」「諸神還真愛多管閒事。」「羅潔梅茵大人應該知道特羅克瓦爾大人想收她為養女吧。」「啊……（放棄思考）接下來的事情就交給斐迪南大人吧。」「羅潔梅茵大人好厲害喔。」

Q 羅潔梅茵因為不感興趣，再加上與日本的差異太大，所以並不了解這個世界的男女之事。那艾薇拉與近侍們也都沒有聊過這個話題，給予她指點嗎？

A 就是因為沒有聊過這個話題，才導致了現在這種情況呢。之前是因為與前未婚夫韋菲利特（及其近侍）的關係太差，羅潔梅茵的近侍們才不想開啟這方面的話題吧。甚至覺得在魔力感知開竅前，就先維持現狀。因此在羅潔梅茵突然長大之前，她們都不覺得有教導男女之事的必要。

Q 羅潔梅茵在讀完貴族院一年級時，也就是艾格蘭緹娜成年的時候，魔力量還是艾格蘭緹娜比較多，那羅潔梅茵是什麼時候超過她的呢？

A 在她四年級時幾乎是不相上下，完全超過則是在艾爾維洛米與安瓦庫斯強行讓她的魔力容器成長之後。

Q 在羅潔梅茵心裡，誰泡的茶最好喝？果然是法藍嗎？還是黎希達婆婆？

A 每個當下都不一樣。喝了法藍泡的茶，就會真切感受到自己回到神殿了；喝了黎希達泡的茶，則會實際感受到自己人正在艾倫菲斯特的城堡裡。在即將與王族或者上位領地舉辦茶會前，想要提振精神的時候會想喝布倫希爾德泡的茶；睡覺前想要讓身心放鬆下來時，則會喝莉瑟蕾塔泡的茶。而當遇到討厭的事情仍得強顏歡笑時，會默默為她遞來茶水的則是谷麗媞亞。

Q 對於自己差點要住進阿妲姬莎離宮，羅潔梅茵心裡有什麼想法呢？

A 羅潔梅茵的想法基本上都是物品無罪，所以沒有什麼感覺。實際上，她在孤兒院長室裡也沿用了瑪格麗特留下的家具與餐具，還修改了前任神殿長的衣服拿來穿。所以在她看來，既然是從來沒有交集的離宮，不管過去發生了什麼事都與自己無關。但是，若關係到了曾在這裡有過悲慘過去的斐迪南，那就另當別論了。

Q 艾格蘭緹娜在觀看傑瓦吉歐記憶的時候，很可能知道了有關阿妲姬莎離宮的一切，包括斐迪南是在此地出生。斐迪南會因為擔心此事曝光，就要求羅潔梅茵向艾格蘭緹娜下令，要她絕對不能洩漏出去嗎？還是羅潔梅茵會先察覺到，自行下令？

A 並不會特意下達這種命令。因為羅潔梅茵和斐迪南很清楚艾格蘭緹娜的為人，也深知她盼望著和平安定。即便知曉了斐迪南的過去，為了局勢安穩而自願成為君騰的她，也不會愚蠢到把這種事情洩漏出去。畢竟這會讓尤根施密特再度陷入動盪。

Q 羅潔梅茵與斐迪南，還有兩人的近侍們看過蕊兒拉娣的小說嗎？有什麼感想呢？

A 羅潔梅茵看過，但斐迪南他們沒有。而羅潔梅茵的感想是：「套上戀愛故事濾鏡以後，就連聖典裡的神話故事也會變成這副模樣啊。不愧和母親大人一樣是作家，妄想力實在驚人。」

Q 斐迪南定做新衣的頻率是多久一次？

A 以領主一族來說，他的頻率不算高，通常是每個季節會定做兩、三套便衣。除此之外，舉凡冬季的社交界、參加領主會議會見到外地貴族的時候、要搬到他領的時候、要舉行訂婚及結婚儀式的時候，都會定做好幾套正裝。

Q 斐迪南的藏書多到「足以讓尤根施密特破產」，那他又是如何取得這麼多藏書的呢？既然他擁有這麼多書，稱得上是這塊土地上數一數二的資產家嗎？

A 倘若從無到有都是他自己購買的話，金額將是天文數字，但其實並不是全都由他自掏腰包。當中除了有繼承自原宅邸主人伊缪荷黛（故人，若還活著就是斐迪南的貴族母親）的藏書，還有海德瑪莉說著「與其被人隨便賣掉，不如送給斐迪南大人更有用處」，於是從老家搬來的藏書。而且他在貴族院販售魔導具大賺一筆時，也有他領的人是提供書籍作為報酬；赫思爾又因為研究室裡（過往教師所留下）的書已經多到塞不下了，就通通丟給斐迪南。但他好歹是單身的領主一族，所以算是資產家沒錯。

Q 第二部時，前任神殿長曾將圖書室弄得亂七八糟。請問當時神官長的資料也被破壞了嗎？那他是否非常生氣？

A 不是前任神殿長，而是艾格蒙向灰衣神官下的命令。但是，他們也只是讓書籍與資料散落一地而已，並未將其損毀或弄髒。儘管沒有動怒，但梅茵的怒火卻令神官長覺得莫名其妙又麻煩，所以心裡倒是覺得「竟然給我惹出這種麻煩」。

Q 關於①不燃紙的原料是陀龍布、②塔烏果實就是陀龍布的種子、③孤兒院裡的人都稱呼陀龍布為「快速生長樹」等事情，斐迪南透過法藍的報告與尤修塔斯的暗中調查，究竟掌握到了多少？

A 幾乎不知情。因為法藍是這樣報告的：「不燃紙的原料是塔烏果實。據路茲所說，每到夏天，他們會去森林裡撿這種果實回來，並在平民的星結儀式後互丟。梅茵大人正是因此全身濕透，還發了燒病倒。由於床榻上未備有被褥，只能讓她躺在木板上。我身為侍從竟如此失職……」比起塔烏果實，重點顯然更放在沒有被褥一事上。後來，就算討論的時候提到了不燃紙的製作、張數與金額，他也沒有再收到過任何有關快速生長樹的報告。而尤修塔斯出入工坊的那段時間，羅潔梅茵正泡在尤列汾藥水中；由於沒了能讓快速生長樹生長的人，也就無法取得原料，只能用剩餘的材料繼續製作。附帶說明，快速生長樹的「快速生長／nyokinyokki」這部分是日語發音，所以尤根施密特的人根本聽不懂這有著生物快速生長的意思。

Q 羅潔梅茵似乎喜歡鹽味較重的調味，那麼第四部裡分到鹽燒烤魚的斐迪南，吃起來還覺得好吃嗎？平常從羅潔梅茵那裡分得食物的近侍們也都可以接受嗎？

A 調味上當然不至於鹹得難以下嚥。斐迪南頂多覺得，這樣的調味在料理比賽上對己方不太有利，同時也當作是個人的口味差異，認為這是羅潔梅茵喜歡的口味。當然還是吃得津津有味。

Q 第四部V中，斐迪南大人在義大利餐廳裡想延攬尹勒絲的時候，曾經感嘆「廚師也是需要栽培的嗎」，那他後來也對專屬廚師提出了強人所難的要求嗎？

A 確實提出了一些要求，廚師們也照著斐迪南的喜好開始改進研究。往亞倫斯伯罕送去餐點的時候，他們還幫了忙。

Q 斐迪南要求羅潔梅茵達到的教育程度，以及包含事業在內領主一族應該要負擔的義務等等，與薇羅妮卡當年在虐待下所要求的程度相比，差距有多大？

A 斐迪南一開始完全是照著自己曾被要求過的，但因為身邊的人都斥責他「太過嚴厲」，後來才降到當時的七成左右。之後又因為羅潔梅茵說，「不能要求他們做到和我一樣的事情」，所以對於齊爾維斯特親生子女的要求更是降至一半不到。

Q 斐迪南大人在羅潔梅茵大人即將就讀貴族院前，否決了與她訂婚的可能性。那要是韋菲利特等人都沒有問題，而他即使與羅潔梅茵訂婚也不會被擁戴為領主，是否就會選擇訂婚？

A 以他當時的想法，要是除了與自己訂婚之外，沒有其他任何方法能將羅潔梅茵留在領內，那麼就會無可奈何地應下這門婚事吧。

Q 出發前往亞倫斯伯罕時，斐迪南不只宅邸與原料，好像連金錢也留給了羅潔梅茵，請問這是為什麼呢？是因為「在受監護人成年前就離開她身邊，想要以此給予補償或者作為教育費用」，還是因為「萬一自己有什麼閃失，與其落到蒂緹琳朵手中，不如留給羅潔梅茵」？

A 對於自己曾任其監護人的羅潔梅茵，是留給她的經費＋付給負責打理宅邸的拉塞法姆的薪水與生活費。

Q 如果在創始之庭取得思達普是成為君騰候補的條件，那麼斐迪南把地下書庫的消息提供給王族時，是不是假定王族中至少有一個人會是全屬性？

A 不是至少有一個人，而是在他的認知中，既然是直系王族，那麼理所當然每個人都是全屬性。因為在受洗後會成為旁系王族的阿妲姬莎離宮裡，若是沒有全屬性，甚至無法活到洗禮儀式。

Q 擁有梅斯緹歐若拉之書的斐迪南，早就知道圖魯克的存在了嗎？

A 不知道。因為梅斯緹歐若拉之書裡將其記錄為「席朗托羅莫之花」，而不是蘭翠奈維語的圖魯克。

Q 斐迪南曾在瀕死時向羅潔梅茵送去遺言，那他本人毫無所覺嗎？還是察覺到了，但一直在裝傻？

A 他本人毫無所覺，當時也沒有想過要送出遺言。

Q 第五部Ⅷ〈我的蓋朵莉希〉裡，斐迪南本來還有氣無力，整個人充滿絕望，卻在聽到羅潔梅茵吐露的安排後大發雷霆。是哪件事情打開了他魔王的開關？

A 因為君騰違背了他入贅時所答應的條件：「絕不對艾倫菲斯特與羅潔梅茵出手」。結果君騰不但想收羅潔梅茵為養女，還打算讓她去取得梅斯緹歐若拉之書，再嫁給席格斯瓦德當第三夫人，這些事情打開了他魔王的開關。

Q 斐迪南是什麼時候知道羅潔梅茵因為身蝕體質的關係，早已被自己的魔力徹底染色了？

A 在製作古得里斯海得魔導具的時候。從複製而來的記述上得知。

Q 艾倫菲斯特保衛戰剛結束時，以及回到亞倫斯伯罕以後，斐迪南的想法從「王族最好一直躲在中央裡別出來」，變成了「真可惜王族與蘭翠奈維沒有互相殘殺」。所以一個是場面話，一個是真心話嗎？

A 只是情況改變了而已。在亞倫斯伯罕與艾倫菲斯特的大戰結束前，他並不希望總以大領地為先的王族來插嘴干涉，也不希望戰鬥期間突然收到王族的命令，要他去追捕入侵貴族院的蘭翠奈維一行人，所以才希望他們一直躲在中央。後來發展成斐迪南他們要前往貴族院逮捕蘭翠奈維一行人的時候，他又希望雙方能夠碰頭互相廝殺，省得他再耗費心力。兩者皆是真心話。

Q 斐迪南一開始為何想讓羅潔梅茵去回收傑瓦吉歐？因為即死劇毒對小熊貓巴士無效嗎？

A 因為這是新任奧伯的責任。既然蘭翠奈維一行人使用了亞倫斯伯罕的轉移陣前往貴族院，那麼得到基礎魔法後成為奧伯的羅潔梅茵，就有責任要逮捕他們。後來因為已經捉到了大多數人，盡到了新任奧伯的責任，便把擒獲主謀的功勞讓給艾格蘭緹娜。

Q 第五部Ⅸ〈祝福與出發〉中，斐迪南阻止了羅潔梅茵為哈特姆特施予席朗托羅莫的祝福，說穿了是因為獨占慾嗎？

A 不，是為了羅潔梅茵的名聲著想。其實貴族若在人前睡著、露出自己毫無防備的一面，對當事人來說不是一件體面的事情，況且要搬運睡著的成年男性也不容易。話雖如此，到哈特姆特的房間給予祝福這種事情，比寫信和贈送物品給前監護人更加不妥。如果只是想讓對方睡著的話，不必給予祝福，用藥水也可以。倘若哈特姆特真想在人群面前接受祝福，讓人看到自己睡著的模樣，那丟的也是他的臉面，跟羅潔梅茵沒有關係，所以倒無所謂。但如果要羅潔梅茵專程跑到哈特姆特的房間去給予祝福，就連柯尼留斯也不會允許。

Q 大禮堂之戰時，傑瓦吉歐曾想對斐迪南使用即死劇毒，那斐迪南是如何防範的？

A 他用了尤修塔斯在阿妲姬莎離宮裡，從蒂緹琳朵與其近侍身上回收來的解藥。

Q 第五部Ⅹ裡，為什麼斐迪南會覺得諸神偏袒傑瓦吉歐？實際上諸神也真的偏袒傑瓦吉歐嗎？

A 這只是斐迪南想讓情勢對自己有利的說辭而已，但比起共同持有梅斯緹歐若拉之書的斐迪南與羅潔梅茵，諸神實際上也更加支持傑瓦吉歐成為君騰，所以看起來就像是偏袒吧。但當然，諸神自身並沒有偏袒的意思。祂們頂多覺得「只要能為基礎魔法盈滿魔力，不管是誰都好，只不過，這當中比較聽話的泰爾札是最合適的人選吧」。

Q 第五部XI〈臉色難看的王族〉中，看起來握有談話主導權的是羅潔梅茵與斐迪南。當下羅潔梅茵的地位最高，所以這倒可以理解，但斐迪南的地位明明比羅潔梅茵要低，卻直呼她的名諱、主導談話，這讓人覺得很奇怪。原因是像書裡寫的，因為斐迪南奉王命成了下任奧伯（羅潔梅茵）的未婚夫，並且要負責處理公務，所以是以此身分參與談話的嗎？還是有其他理由，比如他在貴族院參與戰鬥有功之類的？

A 兩者皆有。他既是女神化身的未婚夫，要負責從旁輔佐，並且藉此讓眾人了解到，正是特羅克瓦爾的命令讓他擁有這樣的身分；一方面也是因為他負責指揮蘭翠奈維一行人的逮捕行動。

Q 第五部XI〈臉色難看的王族〉中，斐迪南曾神情愉快地觸碰羅潔梅茵的髮飾。那麼，王族究竟是為什麼會倉皇得「不知道該看哪裡才好」？

A 因為親眼見識到了下任國王席格斯瓦德與羅潔梅茵的魔力量差距過大，甚至讓求愛魔導具化成了金粉；而斐迪南製作的髮飾卻完好無損，代表他的魔力量能夠與羅潔梅茵匹配。想到他刻意展示這件事情的用意後，他們才會面露驚慌。

Q 斐迪南是故意對羅潔梅茵說「妳有可能不再是妳自己」，讓她感到害怕，進而讓女神的力量失控嗎？

A 沒錯。為了讓王族與戴肯弗爾格見識到女神的力量、讓他們閉上嘴巴，並且當作是獻名的理由。

Q 第五部XI〈新君騰的決定〉中，斐迪南會對錫爾布蘭德從輕發落是基於同情嗎？還是想向瑪格達莉娜賣個人情？又或是為了萊蒂希雅的將來？

A 這些都是理由之一，但最大的理由是為了讓談話迅速進行下去，以免羅潔梅茵因為同情年幼的孩童，鍥而不捨地求情。

Q 在斐迪南的計畫中，他預想的第一個君騰候補人選也是艾格蘭緹娜嗎？還是說雖然特羅克瓦爾已被他判定為不適任，但也列在了候補人選當中？抑或如他自己所說，王族中的任何一人或者奧伯・戴肯弗爾格都可以，並沒有特定排除某一個人？

A 正如他自己所說，王族中的任何一人或者奧伯．戴肯弗爾格都可以。因為無論把古得里斯海得魔導具交給誰，斐迪南都會要求對方向諸神立誓，並且向羅潔梅茵獻名，以便照著自己所安排的行動，所以不管由誰成為君騰他都無所謂。畢竟在自行取得梅斯緹歐若拉之書的人選出現前，這只是暫代的君騰而已。

Q 斐迪南會推選奧伯．戴肯弗爾格成為君騰，是因為他擁有具備大神全屬性的思達普嗎？

A 斐迪南不可能知道奧伯．戴肯弗爾格有幾種屬性。因為羅德里希已經證明，只要向羅潔梅茵獻名，整個人就會連帶擁有淡淡的全屬性；而且古得里斯海得魔導具就是為了讓非全屬性的人也能成為君騰，所以無論由誰成為下任君騰，他都覺得沒有問題。

Q 若是艾格蘭緹娜沒有自薦成為君騰，斐迪南打算如何舉行繼承儀式？既然因獻名而成為全屬性的羅德里希也去不了創始之庭，那麼就算亞納索塔瓊斯或奧伯．戴肯弗爾格成為君騰，他們也一樣去不了吧？

A 若能一同前往創始之庭當然最好，但若不行的話，就會在獻名之後、儀式之前，讓君騰先戴上古得里斯海得魔導具，然後僅由羅潔梅茵走上祭壇，再給予祝福表示「睿智女神已然同意」，最後由新任君騰詠唱「古得里斯海得」。反正儀式流程是由他們自己決定，要是去不了創始之庭，就以不會進入的前提進行即可。

Q 羅潔梅茵第一次製作騎獸時，斐迪南就曾建議她變出蘇彌魯的外觀；這次亞歷山卓的領徽，又建議了她採用蘇彌魯魔導具。果然他也覺得羅潔梅茵很像蘇彌魯嗎？

A 不是的。他只是無法接受一點美感也沒有，看起來還胖嘟嘟的窟倫。製作騎獸的時候，是因為女性飼養蘇彌魯的比例很高，他才這麼提議；領徽則是因為羅潔梅茵很常接觸圖書館魔導具，再加上這樣的圖案也比較容易為他人所接受，莉瑟蕾塔更是會大力支持，所以他才建議採用。

Q 關於求愛魔導具。有些事情斐迪南大人從未教過羅潔梅茵，但他提到的時候卻一副她理所當然應該知道的樣子。明明他全權負責羅潔梅茵的教育工作，那麼這些事情他認為是誰會告訴她呢？

A 斐迪南全權負責教育工作，已經是一年半以前的事情了。再者斐迪南是男性，以他的立場不能教導男女之事。而且重逢時，羅潔梅茵的外表已經與他記憶中的截然不同。一般而言，都會在魔力感知開竅前指導男女之事，所以看到羅潔梅茵的外表成長了這麼多，他才判定黎希達、艾薇拉與芙蘿洛翠亞等人，應該多少為羅潔梅茵說明過了。不僅如此，羅潔梅茵還戴著席格斯瓦德給的求愛魔導具，因此能夠判定她已預計要成為國王的養女、成為王族的一員，不可能不知道那是什麼。另外，也因為羅潔梅茵持有梅斯緹歐若拉之書，身為書痴的她不可能沒有看過內容，所以斐迪南才得出了有關男女之事，她應該大致都已知曉的結論。

Q 參加了奧伯．亞倫斯伯罕的葬禮後，齊爾維斯特帶回去的布料是斐迪南親自挑選的嗎？看到羅潔梅茵量身定做好的服裝，是否注意到了那是自己送的布料？

A 斐迪南只是接受賽吉烏斯的建言而已，如下這樣：「多送一些亞倫斯伯罕的布料如何？屆時女性可以平分，而且只要準備的種類夠多，總有一些會符合她們的喜好吧。」他只是在聽完後回道「那就麻煩你了」，所以並不是親自挑選。但斐迪南的確記得自己送了亞倫斯伯罕的布，所以會有「啊，是那時候的布料吧。原來她喜歡這種款式」之類的感想。

Q 斐迪南知道自己是《斐妮思緹娜傳》的原型人物嗎？

A 不知道，他也根本不曉得《斐妮思緹娜傳》的存在。這套書是在斐迪南去了亞倫斯伯罕以後才完成的，羅潔梅茵也沒有當成禮物一併送給他。

Q 斐迪南的親生父親是誰？

A 亞德貝特。能從阿妲姬莎離宮帶走男孩的，只有孩子的親生父親。

Q 之前說過斐迪南在阿妲姬莎之實中，魔力量是最低的，那他原本的魔力量大約是多少？和大領地領主一族的平均值差不多嗎？跟政變前的王族與旁系王族，以及現在的王子們相比，大概又差了多少？

A 在他剛出生時，與阿妲姬莎離宮外的旁系王族的平均值差不多。而且和雖然是直系王族，但因為母親是中領地出身，所以魔力不多的特羅克瓦爾相差無幾。

Q 要是斐迪南與瑪格達莉娜的婚約沒有解除，入贅去了戴肯弗爾格，他還會告訴王族取得古得里斯海得的方法嗎？

A 只是雙方的父親討論過讓兩人訂婚的可能性，斐迪南與瑪格達莉娜並沒有實際走到訂婚的階段。但撇開這點不說，假如斐迪南真的入贅到戴肯弗爾格，至少會不著痕跡地暗示王族，在古老的資料與史書裡可以找到提示，以及貴族院圖書館裡有地下書庫的存在吧。但是，並不會明確告知。

Q 芙蘿洛翠亞的父親（應該是當時的奧伯．法雷培爾塔克），為什麼會同意她與齊爾維斯特結婚？

A 因為芙蘿洛翠亞是第三夫人的女兒，若能成為他領的第一夫人，這是再好不過的一門親事了。比起當時還是第三夫人的兒子，完全沒有預計要成為奧伯的芙蘿洛翠亞兄長與康絲丹翠的婚事，芙蘿洛翠亞與確定是下任領主的齊爾維斯特的婚事，更能為領地帶來助益，也能為當時的領地排名帶來優勢。

Q 對於艾克哈特與海德瑪莉的中毒事件，齊爾維斯特有什麼想法？

A 因為沒有確切證據，卡斯泰德完全沒有向齊爾維斯特提及此事可能有薇羅妮卡的參與。他單純以為是廚師一手策劃，導致這起令人心痛的憾事。

Q 齊爾維斯特將還在襁褓中的韋菲利特交給母親照顧時，無視了芙蘿洛翠亞想要回孩子的請求，他都不怕被芙蘿洛翠亞討厭嗎？

A 他從沒想過有這個可能。因為薇羅妮卡告訴他，這是艾倫菲斯特的慣例，他也就以為是這麼一回事。

Q 要是梅茵沒有出現，齊爾維斯特會一直對薇羅妮卡放任不管嗎？

A 若梅茵沒有出現，薇羅妮卡便不會犯下決定性的惡行，所以與其說是放任不管，更該說是沒有足夠的罪狀能逮捕她。要一直等到韋菲利特的教育不足問題浮上檯面，以此彈劾薇羅妮卡，細數她犯下的所有罪行後，才會將她幽禁吧。

Q 看過喬琪娜的記憶後，齊爾維斯特現在對於薇羅妮卡有什麼想法？

A 發現母親在自己與在姊姊面前表現出來的臉孔大不相同，令他大受衝擊，也深刻體會到了他人對於薇羅妮卡的評價並沒有半點誇大。儘管母親在過去確實給予了自己無私的關愛，但是，在得知了被母親破壞及扭曲的事物遠比自己所想的要多後，從今往後若是可以，他不想再見到對方。

Q 第二部時，與齊爾維斯特一起前往神殿的侍從是誰？怎麼會同意齊爾維斯特穿上平民的服裝？

A 並沒有貴族侍從與齊爾維斯特同行。而在神殿裡服侍他的，是斐迪南安排的灰衣神官侍從。為了測試灰衣神官有無資格被納入神官長室，順便確認嘴巴牢不牢靠，斐迪南會讓灰衣神官待在空房間裡，等候青衣神官齊爾維斯特。附帶說一下，屈爾特通過了這項測試。

Q 要是三年級時比的搶婚迪塔落敗，羅潔梅茵必須嫁入戴肯弗爾格，萊瑟岡古一族肯定不會善罷甘休吧。屆時，齊爾維斯特會對接受這場比賽的韋菲利特下達什麼處分嗎？

A 恐怕會演變成不得不下達處分的局面吧。

Q 慶功宴上斐迪南問起專屬醫師一事時，齊爾維斯特與卡斯泰德為什麼別開視線？

A 因為他們並沒有為羅潔梅茵指派專屬醫師。

Q 韋菲利特之前明明是用羅潔梅茵等的魔石舉行儀式，卻取得了大量加護。代表他並不是全都使用羅潔梅茵的魔力，當中有幾成也奉獻了自己的魔力嗎？

A 祈福儀式期間，他當然不是每一次都依賴魔石，其中幾成也會使用自己的魔力。至於韋菲利特得到的加護，其實主要來自於他平常為基礎魔法奉獻的魔力。

Q 第五部Ⅸ的特別短篇〈夏綠蒂　後方的支援〉裡，夏綠蒂以下任奧伯的身分得知了基礎與鑰匙的所在。在這個時間點，韋菲利特不會成為下任奧伯一事應該已經不是秘密了，那麼這是他本人的請求被接受了嗎？還是因為亞歷克斯與蘭普雷特已經集齊了他不是合格領主候補生的證據，所以被廢嫡了？

A 因為這是本人的期望，韋菲利特又不願接受下任領主的教育，所以齊爾維斯特判斷下任奧伯之位不能交給現在的他。他還沒有被廢嫡。

Q 第五部Ⅶ夏綠蒂的視角中，看到韋菲利特毫不訓斥對待布倫希爾德態度惡劣的近侍們，夏綠蒂曾這麼心想過：「哥哥大人究竟打算怎麼做呢？」請問韋菲利特那時候心裡究竟在想什麼，才會不制止近侍們呢？

A 他沒有什麼特別的想法，只是覺得「父親大人根本沒有必要迎娶第二夫人，我絕不承認！」於是下意識地向近侍尋求贊同，覺得他們也和自己有一樣的想法。他自認為與近侍們的關係不錯，也很重視近侍。然而，卸下下任奧伯的職責、擺脫了不想要的婚事後，他只是為此感到心滿意足，並未認真想過近侍們的將來會因此受到什麼影響。

Q 布倫希爾德直到訂婚儀式之前，韋菲利特對她的態度應該都很傲慢無禮吧。那麼從第五部Ⅺ開始，是否終於把她視為奧伯的未婚妻，態度比較尊重了？

A 契機不是訂婚儀式，而是布倫希爾德的畢業儀式。因為對於齊爾維斯特要在畢業儀式上護送布倫希爾德，韋菲利特大表了不滿，在遭到芙蘿洛翠亞的厲斥後才改正自己的態度。雖然不到能夠尊重的地步，但不再明顯表露自己的不滿。

Q 對於小時候在白塔裡許下的約定：「等我長大後成為奧伯，就救出祖母大人。」韋菲利特現在是怎麼想的呢？

A 雖然還是會思念祖母大人，但如今已經知道她曾犯下偽造公文等罪行，不再認為應該將她釋放。

Q 夏綠蒂與韋菲利特他們似乎不對神殿感到忌諱，那會去神殿舉辦茶會等活動嗎？還是覺得那裡是羅潔梅茵的私人空間，所以不會造訪？

A 並非因為那裡是羅潔梅茵的私人空間，而是知道她在神殿很忙，每天都有很多行程，所以不會想跑去神殿舉辦茶會。但如果是羅潔梅茵邀請的話，他們當然會欣然赴約，只是若無正事，就不會特意造訪神殿。都是趁著羅潔梅茵來到城堡時才安排茶會。

Q 夏綠蒂繼承了基礎成為下任領主後，這件事要對他領保密嗎？因為未成年的關係，就不能在領主會議上以下任領主的身分亮相了吧？

A 這並不是需要保密的事情。就好比韋菲利特曾在貴族院宣稱自己是下任奧伯一樣，夏綠蒂也這麼宣稱即可。另外，領主會議上雖有奧伯的就任儀式，但並沒有下任領主的亮相活動。通常都是成年後，到了領主會議上，奧伯與下任領主會一起出席活動，或在參加領地間的茶會與餐會時作介紹，讓他領的人認知到其身分。

Q 波尼法狄斯似乎很疼愛與自己血緣關係相近的女性，那麼與姊妹（包括伊繆荷黛在內）有著怎樣的交情？

A 並沒有什麼交情。因為年紀太過相近，就會變成明明很弱，卻很愛對自己嘮叨碎唸的對象，所以不會想疼愛對方，反而是避之唯恐不及。例如「為什麼不是你迎娶薇羅妮卡大人為第一夫人，成為奧伯呢？」之類的話。

Q 波尼法狄斯會去亞歷山卓拜訪嗎？要在那裡定居當然是不可能，但感覺會因為在意羅潔梅茵的近況，常常跑去玩耍，想想就很有趣。

A 如果收到邀請，大概會興高采烈地飛奔前往吧。

Q 亞德貝特大人體弱多病，成為奧伯之後似乎還是吃盡苦頭。既然如此，既是文官出身、熟知藥物，處理公務的能力也十分優秀，還擁有亞倫斯伯罕這個強大後盾的薇羅妮卡大人，對他來說果然是重要的心靈支柱嗎？

A 嗯，是啊。畢竟他能多活一段時日，可以說完全是薇羅妮卡的功勞。

Q 倘若薇羅妮卡沒有失勢，後來遇到蒂緹琳朵與奧蕾麗亞兩人，她會疼愛她們嗎？

A 肯定會上前攀談，邀請兩人參加茶會吧。只不過，蒂緹琳朵是個喜愛受人稱讚，希望周遭眾人都把目光放在自己身上的大小姐，所以會同類相斥；與奧蕾麗亞則是聊不起來，最終仍會疏遠兩人吧。

Q 芙蘿洛翠亞對薇羅妮卡說了羅潔梅茵奪得亞倫斯伯罕的基礎一事，以及斐迪南成了下任領主的未婚夫一事，那如果薇羅妮卡想要更加了解，有辦法能取得情報嗎？

A 沒有辦法。只能餘生在焦灼與煩躁中度過。

Q 第五部Ⅸ〈我的心願〉裡，羅潔梅茵曾在萊歐諾蕾在場的時候，說過自己理想中的對象要像父親那樣。那麼在萊歐諾蕾的視角中，她以為羅潔梅茵的理想是卡斯泰德嗎？假使萊歐諾蕾向柯尼留斯轉述了這件事情，他肯定會覺得很奇怪吧。柯尼留斯會因此懷疑羅潔梅茵的父親可能不是卡斯泰德嗎？

A 萊歐諾蕾只會覺得：在羅潔梅茵大人看來，卡斯泰德大人是很理想的對象吧。而柯尼留斯要是覺得奇怪，羅潔梅茵多半會以尤列汾藥水的原料採集為例，稱讚父親大人非常帥氣，以此蒙混過關。畢竟在柯尼留斯看來，羅潔梅茵甚至能夠一臉泰然自若地說：「斐迪南大人很溫柔喔。」所以只會覺得，自己果然無法理解羅潔梅茵的評判標準。

Q 哈特姆特說過，羅潔梅茵有了魔石恐懼症後，與近侍們相處時的距離和以前不一樣了。那麼尤其是在艾倫菲斯特的慶功宴上，阻止羅潔梅茵去找斐迪南的萊歐諾蕾，心裡作何感受呢？

A 羅潔梅茵自身並未向近侍們宣告：「我要成為亞倫斯伯罕的奧伯，不會前往中央。」所以為了主人的名聲著想，當然會讓她與斐迪南保持距離。但撇開這件事不說，萊歐諾蕾更懊悔慶功宴之前沒有安排好醫師。雖然哈特姆特與莉瑟蕾塔平常都會準備好藥水、照料羅潔梅茵的身體健康，一定程度上作用已經與醫師差不多，但兩人畢竟沒有資格，卻太過事事都仰賴他們了。至於近侍中最懊悔的人，多半是達穆爾吧。因為他對著羅潔梅茵，不僅講述了旁人會如何看待她在慶功宴上的態度，還說了這樣會給近侍們造成莫大的困擾。

Q 羅潔梅茵的魔力感知應該是在第五部XI的時候開竅，那麼面對她的困惑，為什麼萊歐諾蕾沒有告知這是魔力感知呢？明明之前在《Fanbook》裡還對優蒂特說了恭喜，所以我很好奇。

A 因為萊歐諾蕾從過往經驗得知，許多人如果在當下被告知這是魔力感知，或是因此收到祝賀的話，反而會感到非常難為情，導致情緒不穩定。當時的優蒂特不也方寸大亂嗎？這時的羅潔梅茵又受到諸神力量折磨，身體十分虛弱，所以不適合告訴她。

Q 奧黛麗是雷柏赫特的第一夫人嗎？兩人的年紀相差有點多，因此雷柏赫特參加畢業儀式的時候，奧黛麗應該才一、二年級左右，魔力感知都還沒開竅，那當時的女伴是奧黛麗嗎？

A 奧黛麗是第一夫人沒錯，但雷柏赫特畢業時的女伴另有其人。因為與對方的婚事遭到親族反對，後來才與奧黛麗結婚。

Q 《Fanbook 6》說過雷柏赫特與萊瑟岡古有些過節，是因為他是第二夫人的孩子，曾經爭奪基貝之位嗎？還是有其他理由？

A 並非因為爭奪基貝之位，而是在結婚的對象上有過爭執。

Q 奧黛麗大人與雷柏赫特大人所生的三個兒子，似乎與艾薇拉大人的兒子年紀都很相近，這是偶然嗎？

A 兩位母親確實曾討論過，「真希望能在同個時期懷孕生子，就有人可以交流討論了呢。」但誰也不曉得能否真的在同個時期懷孕生子，所以可以說是偶然吧。

Q 哈特姆特能敏銳地察覺到羅潔梅茵的魔力變化，那麼散布魔力的祈福儀式期間，她為了消耗諸神之力而努力讓魔力達到枯竭時，他也會覺得痛苦嗎？

A 哈特姆特雖能感覺到羅潔梅茵的魔力正逼近枯竭，但自己並不會因此感到痛苦。然而，要是羅潔梅茵因魔力枯竭而亡，那向她獻名的近侍們也會像斷了線的人偶般瞬間喪命。儘管因魔力逼近枯竭的關係，他心裡應該十分焦急，但那段時間就是為了要達到枯竭而持續消耗魔力，所以再怎麼焦急也沒用呢。

Q 哈特姆特重新舉行加護儀式後，取得了長壽之神與夢神的加護，那他是什麼時候做了怎樣的事情，才會得到這些加護？

A 因為他不斷向神祈禱，希望羅潔梅茵可以健康長壽，最好還能出現在自己的夢裡；也因為他為了與其他近侍競爭，向埃維里貝之劍奉獻了魔力的關係。

Q 哈特姆特能夠透過魔力感知到羅潔梅茵的狀態，是因為有沃朵施奈莉的加護嗎？還是單純因為他是個令人發毛的傢伙？

A 單純因為他是個令人發毛的傢伙。畢竟他雖能感知到魔力，但更多的是他個人的推測與妄想。

Q 從前中央神殿老是對王族愛理不理，那麼短短的四天時間裡，哈特姆特是怎麼有辦法使喚那些神官，做好儀式的準備呢？

A 在繼承儀式的準備上，中央神殿的人可是非常積極地提供協助。因為帶頭指揮的是王族亞納索塔瓊斯，當初就是他帶著斐迪南與艾克哈特闖進中央神殿，大肆施展暴力；而要求他們提供協助的則是哈特姆特，那個反覆用小刀刺傷神殿長伊馬內利再治癒的男人。況且，這是女神的化身要授予新任君騰古得里斯海得的儀式。雖然他們對於未持有古得里斯海得的假國王特羅克瓦爾不屑一顧，但對於要頒授古得里斯海得的儀式，自然願意積極地提供協助。

Q 哈特姆特與克拉麗莎平常應該都把有羅潔梅茵工坊徽章的魔石戴在身上，那他們送給彼此的求婚魔石呢？

A 當然也戴著喔，只不過是戴在與工坊徽章魔石不一樣的地方。畢竟兩人擺在首位的都是羅潔梅茵大人。

Q 哈特姆特會讀唇語嗎？因為托勞戈特那時候明明使用了防止竊聽魔導具，他卻曉得對話內容，所以很好奇這件事。

A 不會。正如本文所說，是哈特姆特自己從托勞戈特那裡聽來了許多不滿。

Q 柯尼留斯他們的姓氏是「林肯伯格」，達穆爾兄弟的姓氏則是「班納特」，那哈特姆特、萊歐諾蕾與安潔莉卡的姓氏又分別是什麼？

A 哈特姆特與萊歐諾蕾的姓氏都是「萊瑟岡古」。萊瑟岡古是早在領地更名為艾倫菲斯特之前就存在的古老家系，隨著土地的開發，不斷擴大勢力範圍。然後因為是萊瑟岡古所開墾的土地，便直接以其家名為土地命名，所以土地與基貝的姓氏皆是萊瑟岡古。另外土地與基貝姓氏一樣的，還有「葛雷修」。因為是成立新的家族時，從直轄地中分出了一塊土地，所以基貝的姓氏與土地的名稱就會一樣。安潔莉卡與莉瑟蕾塔的姓氏為「史萊奇」。

Q 第四部Ⅳ〈休華茲與懷斯的服裝〉中，安潔莉卡一看到魔法陣就說：「這個魔法陣太棒了。」真沒想到不擅長學科的安潔莉卡會說出這種話來，所以如果是魔法陣這類有助於增強自己實力的科目，她就會比較拿手嗎？

A 並不是所有魔法陣都精通。為了變強，安潔莉卡會往披風繡上基礎魔法陣，比如強化魔法防禦與強化物理防禦的魔法陣等等，每次都邊繡邊想：「要是這些魔法陣可以整合在一起就好了……」然而，她自己根本想不到要怎麼整合，所以看到各種基礎魔法陣都完美結合在一起的改良型魔法陣後，才會心想：「我就是想要這個！太棒了！」至於沒有繡過的魔法陣，她就不曉得了。

Q 第四部Ⅰ的全新短篇裡，曾寫到莉瑟蕾塔準備好的衣物裡有制服。制服是因為上課有需要，原本就帶去貴族院的嗎？還是說成為羅潔梅茵的近侍以後，才臨時去取來或定做的？

A 那是領主一族侍從的制服，所以在決定了近侍人選後，會由黎希達去城堡取來。布倫希爾德當然也有。因為早就知道羅潔梅茵到了貴族院後會決定近侍的人選，所以這並不是很臨時的事情。

Q 得知亞歷山卓領徽上的動物確定是蘇彌魯時，莉瑟蕾塔的心情如何？

A 這個圖案比起窟倫，遠遠要更適合羅潔梅茵大人！

Q 雖然領徽都是領主一族在使用，但成為奧伯的近侍後，侍從的服裝會繡上領徽嗎？好不容易圖案確定是蘇彌魯了，真希望莉瑟蕾塔也有機會繡在身上。

A 制服上不需要繡領徽，但在貴族院與參加領主會議時所使用的各領領巾上會有領徽圖案，所以也有機會別在身上。

Q 勞倫斯應該不曉得父親與兄長對谷麗媞亞做過的事情，那麼兩人曾在威圖爾碰到面嗎？

A 不曾。因為表面上谷麗媞亞是被僱來當貝緹娜的見習侍從，所以都在別館，未曾與勞倫斯碰到面。

Q 現在的亞倫斯伯罕領內，有貴族與馬提亞斯以及勞倫斯的血緣關係近到可以稱作是親戚嗎？

A 如果是指有血緣關係的親屬，那有再從兄弟吧。另外勞倫斯的親戚在本傳裡已經出現過了。雖然是沒有直接血緣關係的姻親，但嫂嫂（貝緹娜）的老家也稱得上是親戚。

Q 谷麗媞亞也和梅茵一樣謊報了年紀，舉行洗禮儀式嗎？

A 沒有。況且當時她沒有謊報年紀的必要。

Q 女性單身似乎有損名聲，但谷麗媞亞曾在獻名時說過，自己一輩子單身也無所謂。這是因為若能成為羅潔梅茵（女神化身）的近侍，就算單身也不會被人指指點點嗎？

A 還是會。即便如此，谷麗媞亞仍然覺得無所謂，因為她對婚姻既不存有幻想也不懷抱期待，更對男性感到厭惡。與其結婚，她寧願被人指指點點。

Q 第五部IX的終章裡提到了谷麗媞亞的過去，那她擁有與上級貴族相當的魔力嗎？基貝．威圖爾應該是接近上級的中級貴族，既然是在谷麗媞亞的魔力感知開竅後將她買下來，代表雙方能感知到彼此的魔力嗎？

A 不能。就是因為魔力差距大到無法懷有子嗣，對他來說才方便。

Q 白塔事件中，羅德里希因為行動失敗被父親痛罵一頓，那到底該有什麼結果才算成功？自帶著韋菲利特去白塔的那一刻起，舊薇羅妮卡派就注定未來黯淡無光了吧……

A 對羅德里希的父親來說，只要他沒有因此受到批判就算成功。此外，策劃這起事件的其實是披著舊薇羅妮卡派外衣的喬琪娜信徒們。他們的目的是想讓由薇羅妮卡養大的韋菲利特留下瑕疵、觀察奧伯在賞罰上的應對以及騎士們遇事時所採取的行動，還有想讓齊爾維斯特為處置兒子一事傷透腦筋等等，所以對喬琪娜派來說行動是成功的。

Q 散布魔力時，羅德里希也與羅潔梅茵等人同行嗎？如果是在其他地方，負責執行什麼樣的任務？

A 總不可能丟下羅德里希一個人，所以當然是一起同行。但因為沒有他能派上用場的地方，所以都是在小熊貓巴士內留守。

Q 第二部裡，達穆爾在感知像身蝕這一類魔力量較少的人時，這也算是魔力感知的一種嗎？

A 是。

Q 奉獻儀式期間，羅潔梅茵的護衛騎士們會住在神殿，那以前達穆爾擔任梅茵的護衛時，無論暴風雪多麼猛烈，每天都要從騎士宿舍飛來神殿嗎？

A 那段時間他被降為見習生，無論是新人訓練還是冬之主的討伐皆被摒除在外，所以是從老家前往神殿。但其實只要越過貴族門，一下子就到了。

Q 有了魔石恐懼症後，羅潔梅茵與近侍們的距離也變得和以前不一樣。雖說達穆爾是為她著想才給予那些忠告，但後來是否因此遭到其他近侍的訓斥？

A 當然。因為其他近侍本打算等到隔天早上，羅潔梅茵在睡過一覺後身體多少恢復了，再一邊觀察情況一邊委婉告知，沒想到達穆爾卻擅作主張。

Q 第二部時，梅茵曾往達穆爾的騎獸灌注魔力。那他會對梅茵的魔力感到不快嗎？

A 梅茵並非直接往達穆爾灌注魔力，所以他並不會感到不快。

Q 達穆爾那顆瑠耶露果實呢？後來用掉了？賣掉了？還是丟掉？

A 他賣掉後本打算用來資助康拉德，但因為被菲里妮甩了（當時這麼以為），所以那筆錢還留在手邊。

Q 尤修塔斯曾在亞倫斯伯罕幫忙削芋頭皮，那他還會煮飯嗎？

A 其實削芋頭皮，就跟調合時用小刀處理原料差不多。至於煮飯的話，他從未進廚房真正下過廚，但在外出遠行、採集原料的時候，若是燒燒開水、吃吃乾糧，這點小事易如反掌。

Q 尤修塔斯是在什麼時候掌握了斐迪南的出身？當斐迪南在貴族院與同母妹妹舉辦茶會的時候，以及在大禮堂內看到傑瓦吉歐的時候，很好奇尤修塔斯心裡在想什麼。

A 前任領主要領養斐迪南的時候，曾苦惱於這是君騰的要求而無法拒絕，由此他就猜到了母親應該與王族有關。但斐迪南是阿妲姬莎離宮出身以及他童年時的遭遇等，這些細節尤修塔斯就不曉得了。

Q 蒂緹琳朵聲稱自己是下任君騰的時候，為了與她及其未婚夫斐迪南攀上關係，有很多人來找過單身的艾克哈特與尤修塔斯談婚事嗎？還是說即便是國王的命令，但在斐迪南仍是未婚夫的時候，兩人並不受重視？

A 是有一些人找過兩人談婚事，但觀望者還是居多。畢竟這是國王定下的婚事，不可能遭到推翻，然而蒂緹琳朵與斐迪南的關係實在稱不上好。因此不少人也擔心若去巴結斐迪南，反而會惹得蒂緹琳朵不高興。

Q 對於斐迪南向羅潔梅茵獻名，艾克哈特有什麼想法？

A 斐迪南大人高興就好。

Q 對於羅潔梅茵成為斐迪南的未婚妻，艾克哈特有什麼想法？

A 這世上任何一個女人，都比那個愚昧又蠢笨至極的傻女人要好得多，但如果是羅潔梅茵的話，她還有救過斐迪南大人的功勞在身，所以無可挑剔。妳要盡到最大努力，讓主人過得幸福。

Q 周邊商品茶會組裡卡斯泰德的徽章，以及艾克哈特與柯尼留斯的騎獸都是狼，為什麼卡斯泰德所乘坐的騎獸卻是獅鷲呢？

A 因為林肯伯格家是在卡斯泰德從領主候補生降為上級貴族的時候成立，也就是在他製作騎獸之後。而且製作騎獸的當時，卡斯泰德還是領主候補生，但因為不想應付薇羅妮卡，他就避免採用了艾倫菲斯特的獅子，僅是加入一點獅子的元素變成獅鷲。

Q 梅茵見習巫女時期，卡斯泰德會出手保護已經確定要成為養女的她，避免齊爾維斯特的欺負，從前也曾擁戴斐迪南為騎士團長，感覺很重情重義又會照顧人。明明有著波尼法狄斯這樣純粹貴族出身的父親，是否發生過什麼事情影響了他的性格？

A 和骨子裡就是領主一族的波尼法狄斯不同，卡斯泰德雖然曾是領主候補生，但因為從小就不斷受到薇羅妮卡的貶損與刁難，這樣的經歷帶來了很大的影響。

Q 羅潔梅茵成為養女後，卡斯泰德才開始正視自己與家人的關係。那麼在這之前，當艾克哈特處於瀕死邊緣、其妻兒也雙雙喪命的時候，他心裡究竟是怎麼想的呢？蘭普雷特的孩子出生時他還很高興，那麼他也關心過艾克哈特的孩子與海德瑪莉嗎？

A 當然關心過。只不過，當時的首要之務是協調好與薇羅妮卡的關係。畢竟卡斯泰德曾是領主候補生，如今則是騎士團長，還兼任齊爾維斯特的首席護衛騎士。他與領主一族太過靠近，倘若輕舉妄動，會使得領地陷入動盪之中。得知艾克哈特瀕死、他的妻兒雙雙喪命時，卡斯泰德也曾驚慌失措地暗想：「怎麼會這樣?!」但更是竭盡所能去阻止艾克哈特展開報復。

Q 哈爾登查爾的奇蹟時，卡斯泰德曾說過比起家人，領主護衛騎士與騎士團長的職責更重要，那麼蘭翠奈維一戰後，艾薇拉在他心裡的優先順位有改變嗎？

A 儘管回家的次數變多了，也時常表現出對家人的關心，但在卡斯泰德心裡，家人與工作的優先順序並沒有改變呢。只要一天不辭去騎士團長的工作，艾薇拉的順位就不可能比工作的職責要高。

Q 為什麼有孩子的卡濟米爾可以當神官？那和當初為了以貴族的身分兼任神官，只能繼續維持婚約而無法結婚的哈特姆特有什麼不同？

A 因為若是墨守成規，神殿裡負責輔佐麥西歐爾的將都是未成年人，在工作的職責上與交接時很有可能出問題，所以卡濟米爾無視了慣例，藉著貴族的身分強行成為神官。與哈特姆特的不同，在於當時的神官長是斐迪南。斐迪南長年待在神殿，熟知神殿的規定，一直以來又被貴族要求得遵守慣例，所以若他還在的話，卡濟米爾也不敢強行這麼做吧。而且，哈特姆特最在乎的只是能否與羅潔梅茵同行，神殿的各種規定並不重要。儘管身為灰衣神官的羅塔爾他們曾經勸諫過，但也只是遭到無視。而羅潔梅茵也認為從身分來看，神殿裡的青衣神官們並無法擔任麥西歐爾的顧問。

Q 漫畫版說過，契蘭特家當初是背叛了萊瑟岡古一族，倒戈到薇羅妮卡派，那他們倒戈時為薇羅妮卡派帶來了怎樣的好處？

A 在那之前，薇羅妮卡派的成員多是中級與下級貴族，自此多了上級貴族，還能分化可恨的萊瑟岡古一族等等，對薇羅妮卡來說有很大的好處喔。

Q 在漫畫版裡有了名字的韋菲利特近侍中，契蘭特與埃卡多都隸屬舊薇羅妮卡派，想請問三年級進行肅清時，他們的下場如何呢？後來還能當近侍嗎？還是像奧斯華德一樣請辭了？

A 埃卡多已經請辭。

Q 卡珊朵拉與其他近侍的關係怎麼樣？

A 彼此觀察試探吧。因為身為主人的夏綠蒂或多或少會監視著與巴托特往來密切的卡珊朵拉，並不信任她；而卡珊朵拉身在情況遲遲沒有好轉的職場，也會找哥哥商量，因此雙方之間仍然存有鴻溝。不像馬提亞斯與勞倫斯能跟其他近侍打成一片。

Q 巴托特與卡珊朵拉的父親是基貝嗎？與基貝·巴賽爾的關係是？因為他們好像跟養育繆芮拉長大的母親關係很好。

A 巴托特的父親不是基貝，而是基貝·巴賽爾的弟弟。

Q 托勞戈特如果去當韋菲利特的近侍，或許就不會被要求請辭，可以一直保有近侍的身分了嗎？

A 若從一開始就選擇韋菲利特為主人，大概就不會被要求請辭了吧。

Q 正式說來，約娜莎拉到底算是什麼身分？是菲里妮家代理家主卡席克的第二（or第一）夫人？還是已故家主（菲里妮的母親）第一配偶（卡席克）的愛人？可能的話也想知道她嫁給卡席克以後的全名（身為貴族要正式介紹自己時所用的名字，或者他人對她的稱呼）。

A 她是代理家主卡席克的第二夫人。由於一旦離婚就會失去代理家主的資格，因此卡席克在菲里妮的母親特蕾西亞死後，仍然維持著以她為第一夫人的婚姻關係，然後迎娶新的妻子。因為卡席克是入贅的夫婿，特蕾西亞在世時都不能迎娶第二夫人。卡席克的全名為卡席克·贊恩·葛萊斯特·盧多那·梅比烏斯；約娜莎拉的全名為約娜莎拉·多塔·亞希斯·葛萊斯特。雖是卡席克的妻子，但從名字來看，與菲里妮家梅比烏斯毫無關係。

Q 像谷麗媞亞的生母那樣，即使是青衣巫女也受到了等同灰衣巫女的對待，只有老家是下級貴族和中級貴族這種身分低微的家系才會這樣嗎？

A 不太明白即使是青衣巫女也受到了等同灰衣巫女的對待是什麼意思。青衣巫女既不會做下人的工作，也不會成為捧花的對象，與灰衣巫女有著明確的區別。谷麗媞亞的母親是在當青衣巫女時與青衣神官相戀，懷有了身孕後想與對方結婚。父母手足對她如此放蕩的行徑感到震怒，於是將她從神殿帶回了老家。儘管在老家的處境遠比在神殿時還要淒慘，但當時她的身分已不再是青衣巫女，而是「並非貴族的親族下人」。

Q 在第三部發生的哈塞孤兒買賣一事，難不成躲在坎托納背後的是基貝·威圖爾？

A 只能先回答說「也」有基貝·威圖爾沒錯。

Q 與王族談話期間，說好了被中央帶走的神官們會先送回原屬領地，那麼谷麗媞亞的父親也在這些神官當中嗎？此外，谷麗媞亞的父親知道自己有個女兒嗎？

A 是的，也包括他。他只知道戀人在懷孕後被帶回老家，但並不曉得孩子是否被生了下來，也不曉得孩子的性別、長大後是否成為貴族。如今谷麗媞亞身為已獻名的近侍，跟隨著羅潔梅茵來到亞歷山卓，所以永遠不會有機會碰面了吧。

Q 之前說過，當克莉絲汀妮侍從的那段日子是羅吉娜最幸福的時光，那麼現在成了羅潔梅茵的專屬樂師後，她的想法還是沒有改變嗎？

A 是啊。那時候生活在克莉絲汀妮的房間這個小小世界當中，沒有義務也沒有規範，只要和主人一起沉浸在藝術中就好。成為羅潔梅茵的專屬樂師以後，雖然羅吉娜對於生活沒有任何不滿，但畢竟羅潔梅茵與克莉絲汀妮不同，不可能從早到晚都演奏音樂、沉浸在繪畫與作詩當中。

Q 今後與芙麗妲的關係會變得怎麼樣呢？

A 沒有怎麼樣。芙麗妲成年後就搬到漢力克家去了，所以不會再到神殿出席商人們的會議，也就見不到面。如今相隔兩領，更是再也沒有相見的機會了吧。

Q 艾倫菲斯特保衛戰時，為什麼海蒂與約瑟夫沒有到羅潔梅茵的圖書館避難？

A 因為海蒂比起避難，更專注於研究墨水直到最後一刻，所以身體和衣服都髒兮兮的，根本不能帶她到貴族的宅邸去。但當然也收到了邀請。

Q 歐托說過：「旅行商人們一起喝酒時，並不會向凡圖爾獻上祈禱，因為旅行商人不是受到此地諸神認可的存在。」這裡的此地是什麼意思？

A 「此地」指的是尤根施密特。旅行商人是從前那些沒能越過克倫伯格國境門，從此留了下來的波斯蓋茲人的後代。因為無法定居，也無法輕易在登記證上辦理登記，便難以得到尤根施密特諸神的祝福，所以他們也不會向尤根施密特的諸神獻上祈禱。

Q 明明從王宮的供給室供給了魔力，卻得知自己所供給的並不是尤根施密特的基礎，特羅克瓦爾大吃一驚。也就是說，特羅克瓦爾未曾將任何一處地方的基礎染色嗎？

A 是的。因為政變過後，他從未正式地繼承任何一樣東西。特羅克瓦爾既沒得到通往基礎之間的鑰匙，也不曉得如何前往基礎魔法的所在，所以只是在供給室內供給魔力，未曾將任何一處地方的基礎魔法染色。

Q 從魔力來看，君騰．特羅克瓦爾可以說是將中央基礎染色的類似奧伯的存在，那他為什麼不到貴族院的供給室供給魔力呢？是因為父親還在位時，特羅克瓦爾的年紀太小，並未被選為能在供給室辦理登記的那七人之一，所以不曉得貴族院供給室的存在嗎？

A 因為特羅克瓦爾並未繼承基礎鑰匙，甚至沒能將中央王宮內的基礎魔法染色。他的處境就和奧伯還沒完成交接便突然去世，所以必須自行尋找基礎魔法的下任奧伯一樣，只能從魔力供給室供給魔力，走一步算一步。不僅如此，貴族院內的供給室也已長年無人使用。從身體虛弱、幾乎無法造訪貴族院的君騰．休邦克海德開始，日常為國家的基礎供給魔力一事，都是在中央王宮內的基礎之間進行，至於從貴族院中央樓能夠前往的基礎之間，變成是領主會議期間由君騰獨自前往。到了君騰．納古恩哈德時，還遺失了通往基礎魔法的鑰匙，所以自那之後的王族甚至不曉得貴族院的基礎魔法位在何處。

Q 特羅克瓦爾似乎長期受到圖魯克的侵蝕，那他是從什麼時候開始受到圖魯克的荼毒呢？

A 從第四部Ⅷ那時候。

Q 第五部Ⅹ〈君騰之責〉中，假使特羅克瓦爾答應了斐迪南的請求，為守護國家基礎而展開行動，那麼後來對特羅克瓦爾的應對也會有所不同嗎？

A 當然會不一樣。

Q 羅芙莉妲知道席格斯瓦德非常冷落妻子阿道芬妮嗎？

A 她知道因為娜葉拉耶產子的關係，阿道芬妮是在同意了圓房一事會延後一年的前提下舉行星結儀式。但是，她並不曉得兩人自那之後私下全無交流。畢竟夫妻二人住在離宮，表面出席公開場合的時候也沒有異狀。

Q 特羅克瓦爾與克萊門蒂亞之間曾經有個女兒，那她不想再生個孩子嗎？

A 有時就算想要，也不一定能如願。

Q 特羅克瓦爾的第二夫人克萊門蒂亞來自哪個領地？庫什內瑞特嗎？

A 不，是哈夫倫崔。

Q 特羅克瓦爾的第二夫人與席格斯瓦德的第二夫人並無法出席第五部Ⅺ的談話，那她們在得知談話的結果後，各自有怎樣的反應與應對？

A 克萊門蒂亞認為，與其被當成罪人、關進白塔，這樣的結果算是很不錯了；娜葉拉耶則是驚訝於席格斯瓦德與阿道芬妮竟如此迅速離婚。

Q 對於自己與阿道芬妮的婚姻，席格斯瓦德是不是覺得一切順利，沒有任何問題？

A 沒錯。因為他們是在彼此都同意的情況下，開始了沒有夫妻生活的婚姻關係；而且雖然還只是書面上，但既然兩人結了婚，當然就要盡到王族的義務。對他來說，優先關照已經生下兒子的妻子是理所當然。

Q 聽到斐迪南表示羅潔梅茵與自己的婚事是「惡夢般最差勁的婚事」，席格斯瓦德心裡作何感想？

A 我可是下任國王，與我成婚怎麼可能是最差勁的婚事，這一定是斐迪南在誹謗中傷，好讓談話能對自己有利。

Q 席格斯瓦德為羅潔梅茵製作了求愛魔導具，那麼他在製作時是否稍微帶有本來的用意，也就是求愛的意圖？

A 由於羅潔梅茵的魔力感知還沒開竅，因此他對她並沒有視為結婚對象的男女之情。但是，在看到羅潔梅茵因為諸神的祝福成長後，對下任君騰之位的執著讓他產生了占有慾。

Q 香月老師曾在後記說過：「席格斯瓦德自認為是在中央保護著最重要的王宮與離宮，所以雙方的認知完全沒有交集。」這意思是，席格斯瓦德並沒有理解到尤根施密特的基礎就在貴族院嗎？

A 不是的。席格斯瓦德並不是無法理解國家的基礎魔法坐落在貴族院裡，而是對他來說，尤根施密特境內最重要的就是王族，以及王族所在的王宮與離宮。因此聽到羅潔梅茵與斐迪南說他在中央之戰時什麼也沒做，他心裡很不服氣，完全不覺得自己在戰鬥中的行動有任何不對。

Q 《Fanbook6》說過，席格斯瓦德會安排羅潔梅茵去住阿妲姬莎離宮「並無惡意」。但到了第五部XI《臉色難看的王族》裡，當斐迪南表示「讓艾格蘭緹娜去住阿妲姬莎離宮即可」時，從王子們的反應來看，這時的席格斯瓦德應該已經知道內情了。那他是什麼時候知道的呢？

A 中央之戰結束後，與王族的談話開始前。當時是為了徵得許可，想要使用為羅潔梅茵整理好的阿妲姬莎離宮，好管理俘虜、供亞倫斯伯罕的騎士們休息。而特羅克瓦爾正在聽取報告，了解蘭翠奈維一行人是如何從亞倫斯伯罕進入貴族院、傑瓦吉歐又是什麼身分等等，一聽到這件事情，立刻臉色大變地為席格斯瓦德與亞納索塔瓊斯說明。

Q 特羅克瓦爾要求艾格蘭緹娜去取得古得里斯海得時，席格斯瓦德心裡在想什麼呢？總不會也覺得她應該像羅潔梅茵那樣，將古得里斯海得交給自己吧。

A 因為當初簽訂的契約，就是在同意亞納索塔瓊斯迎娶艾格蘭緹娜為妻子的同時，他也要將下任國王之位讓給席格斯瓦德，所以席格斯瓦德很理所當然地認為艾格蘭緹娜會交給自己喔。而且與其由隸屬他領又非親非故的羅潔梅茵取得，若能由王族自行解決，這麼做簡單多了。他相信不喜紛爭的艾格蘭緹娜會願意當個不見光的君騰，輔佐自己。

Q 娜葉拉耶與席格斯瓦德王子的婚姻，愛情與政治考量的比例是幾比幾呢？

A 大約一半一半吧。既然是貴族間的婚事，愛情不可能是唯一因素。除了政治上的考量，娜葉拉耶也與阿道芬妮不同，對於席格斯瓦德有著男女之情。畢竟是多雷凡赫的優秀領主一族要成為第一夫人，心裡也有過嫉妒。

Q 得知席格斯瓦德王子不再是下任國王時，娜葉拉耶也和阿道芬妮一樣想要離婚嗎？

A 不，她不想離婚。儘管阿道芬妮討厭席格斯瓦德，視他如毒蛇猛獸，還一直伺機想在同床共枕前離婚，但娜葉拉耶已經生了兒子。與其離婚回到老家，她更希望能維持婚姻關係，讓孩子以前王族之子的身分長大。

Q 關於席格斯瓦德與阿道芬妮的離婚，以及為了給予補償，最終他成了中領地的奧伯這些事情，娜葉拉耶在新任君騰的繼承儀式時就已經知道了嗎？既然阿道芬妮在繼承儀式前就以迅雷不及掩耳的速度離婚，那難道娜葉拉耶是以第一夫人的身分出席？

A 繼承儀式時她就已經知道這些事情了，但只是以王族的一員出席儀式。因為要以對他領保密為先，所以繼承儀式時她還未以第一夫人的身分出席。同樣地為了防止走漏風聲，阿道芬妮也不被允許坐在多雷凡赫的座位區上，所以並未參加繼承儀式。

Q 為了輔佐成為君騰的艾格蘭緹娜，亞納索塔瓊斯曾冷漠地回絕席格斯瓦德，那他當下的情緒裡也包含了至今對兄長的不滿與怨憤嗎？

A 當然有。因為艾格蘭緹娜是在接受了席格斯瓦德拒絕的那些條件後成為君騰。面對明明以下任君騰自居，卻不願接受那些條件的席格斯瓦德，心中自然有所不滿。但比起累積至今的怨憤，更強烈的是「你想當下任君騰的話那就堅持到底啊！」的不甘，以及「真不想讓艾格蘭緹娜背起這些重擔」的憂慮。

Q 亞納索塔瓊斯是怎麼說服前任奧伯・庫拉森博克的呢？

A 如果是指艾格蘭緹娜就任為君騰這件事，盼著她變回王族的前任領主是不可能反對的，況且這是女神化身與王族共同作出的決定，沒有任何事情需要說服他。因為艾格蘭緹娜已是王族，不再是庫拉森博克的領主一族，只會事後再行告知。

Q 看過傑瓦吉歐的記憶後，艾格蘭緹娜已經知道斐迪南與羅潔梅茵的出身了嗎？

A 斐迪南的出身她已經知道了。不僅知道他來自阿妲姬莎離宮，也知道他若和常人一樣長大，就會成為旁系王族。除此之外，她還知道勞布隆托曾說過「他是在時之女神的指引下，被帶到艾倫菲斯特撫養長大」，以及他擁有與王族相當的魔力量，而且與羅潔梅茵共同持有著梅斯緹歐若拉之書。但是，傑瓦吉歐的記憶中並沒有「羅潔梅茵是平民出身」

的這項資訊。艾格蘭緹娜雖能隱隱察覺內情並不簡單，但不認為羅潔梅茵會坦承相告，同時也不會懷疑她可能是平民出身。因為也有其他人和兩人一樣擁有乳名，比如有位女性就曾在政變肅清期間逃出阿妲姬莎離宮，所以她頂多猜想，羅潔梅茵或許是那名女性生下的孩子。

Q 艾格蘭緹娜在決定與亞納索塔瓊斯結婚之前，對席格斯瓦德抱有怎樣的印象？

A 對於下任國王之位有強烈的執著、覺得自己是最了不起的人、無法平等看待他人。若不嫁給這位大人，恐怕會引發紛爭吧，但我實在不想這麼做⋯⋯大概就是這種感覺。從艾格蘭緹娜明明想避免紛爭，卻直到最後一刻都無法決定對象這點來看，應該就能猜到了吧。

Q 向羅潔梅茵提起祠堂時，艾格蘭緹娜說她看到魔石上寫著祈禱尚且不足的文字，這部分是真的嗎？如果是捏造的那就算了，但如果是真的，代表她不停喝了回復藥水、一直跳到石板都出現了為止，神才告訴她肚子裡懷有女兒，要她停止祈禱。那神阻止的速度也太慢了吧？

A 是實話喔。只不過，她是在另一個祠堂被制止。告訴她「祈禱尚且不足」的，是火神與其眷屬所在的祠堂；告訴她「妳已經懷有身孕，快點停止祈禱吧」的，則是水之女神與其眷屬所在的祠堂。因為水之女神的眷屬中有司掌懷孕及生產的女神。

Q 可以推斷艾格蘭緹娜大人是在第五部Ⅴ〈祠堂的所在〉，進入祠堂時發現自己懷孕的嗎？

A 不、是在〈商量〉與〈祠堂巡禮〉之間。在瑪格達莉娜提供了有關祠堂所在的情報以後。

Q 在創始之庭裡，艾格蘭緹娜知道斐迪南也獻了名，那她是什麼時候知道的？是在艾倫菲斯特舍的午餐會上，親眼看到斐迪南獻名嗎？

A 在與王族的談話上，艾格蘭緹娜已經隱約猜到斐迪南也持有梅斯緹歐若拉之書，再後來聽到斐迪南親口說了「因為在目前這個時候，所有有資格能到達尤根施密特基礎的人，羅潔梅茵皆已透過獻名掌握了他們的性命」，她才曉得：「啊，原來斐迪南大人也獻名了啊。」

Q 艾格蘭緹娜根本沒有機會去留意其他男士，那她會希望除了席格斯瓦德與亞納索塔瓊斯外，還有其他的選擇嗎？

A 艾格蘭緹娜選中的人將會成為下任國王，所以她就好比是一頂為下任國王而存在的王冠，很可能以她為源頭發生紛爭。她在心裡想要有其他的選擇很奇怪嗎？

Q 關於錫爾布蘭德。若跟一年級就取得思達普的領主候補生（比如韋菲利特、漢娜蘿蕾、奧爾特溫等）相比，他也進行同等程度的魔力壓縮、取得同等程度的加護，那麼以他持有的思達普還能操控魔力嗎？

A 可以。因為錫爾布蘭德曾為了進入地下書庫非常努力，所以在取得思達普前，已經花了一年又一個季節的時間壓縮魔力。相比起剛學會魔力壓縮就馬上去取得思達普的一年級學生，多少更有空間。

Q 如今成為罪人的錫爾布蘭德與在羅潔梅茵庇護下的萊蒂希雅，兩人的婚約依然存在嗎？

A 是的，依然存在。因為兩人的罪行都被掩蓋住了，對外並不是罪人。

Q 錫爾布蘭德知道自己犯下了重罪嗎？還是他與席格斯瓦德一樣，都是不曉得何為反省的性格，認為身邊所有人都該照著自己所想的去做？

A 他與席格斯瓦德不一樣，而且還只是個孩子，目光比較短淺。完全體會不到自己想要得到思達普這件事情，為尤根施密特帶來了多大的危險。

Q 阿度爾後來怎麼樣了？

A 遭到解任，並且有好一段時間都要無償供給魔力。

Q 中央騎士團的副團長洛亞里提在中央之戰中平安無事嗎？他是不是也受到了圖魯克的侵蝕？

A 他對勞布隆托來說太礙事了，所以早在中央之戰前就已身亡。

Q 之前奉王命返回艾倫菲斯特的中央貴族們在看到故鄉的現況後，心裡作何感想？回到中央以後又報告了哪些事情？

A 看到領地和以前自己還在的時候相比，各方面都有很大的變化，感到十分吃驚。報告的內容則包括了領內的各種變化是否真由羅潔梅茵所引起、有無隱而未報的新流行與新發明的魔導具、招攬羅潔梅茵為王族一員有無益處等等。

Q 斐迪南來貴族院就讀時，索蘭芝應該注意到了他與傑瓦吉歐長得很像，但他的身分卻不是旁系王族，而是艾倫菲斯特的領主候補生，那當時她心裡有什麼想法呢？

A 沒有什麼想法。因為包含阿妲姬莎離宮出身的公主在內的王族，以及上位領地的領主一族及其旁系，時不時會出現長相相似的人。由於貴族院內也有其他長得像的人，自然不會覺得他與幾十年前的學生長得一模一樣。雖然斐迪南的相貌在艾倫菲斯特領內比較罕見，但因為最開始擔任艾倫菲斯特領主的就是旁系王族，他又沒有母親，還是領主候補生，那麼長得像也不奇怪吧。

Q 明明勞布隆托有著那樣的過去，為什麼當初還舉薦他為騎士團長？

A 除了因為人才不足，也是想給予補償。羅芙莉妲是這麼招攬的：「雖然前任君騰對你作出了殘忍的決定，但我與特羅克瓦爾大人會厚待你。」她只知道勞布隆托與旁系王族的婚約被取消了，但並不曉得那位女性因此被送入阿妲姬莎離宮，後來還遭到處刑。

Q 勞布隆托曾對亞納索塔瓊斯王子說過，他並無背叛之意，只是優先順序不同罷了。那如果他沒有透過喬琪娜大人再見到傑瓦吉歐大人，是否也不會心懷芥蒂，只會如同既往做好自己的工作？

A 就算心裡有些怨言，還是會如常盡到自己的職責吧。

Q 為了讓傑瓦吉歐成為君騰，勞布隆托是從什麼時候開始在暗中採取行動？

A 從接觸了喬琪娜開始。因為如果不是與連接著蘭翠奈維的亞倫斯伯罕有合作關係，他甚至無法與傑瓦吉歐取得聯繫。

Q 伊馬內利讓羅潔梅茵當上中央神殿的神殿長後，究竟打算如何處置？既然職稱看來是羅潔梅茵的地位比他更高，各近侍的任命權應該也握在她的手中吧。原本是預計傑瓦吉歐成為君騰後，先帶走羅潔梅茵身邊的所有近侍，再把她送到神殿嗎？

A 應對上就和從青衣神官升上來的神殿長一樣。中央神殿正如同從前的艾倫菲斯特神殿，一般並不會有貴族進出。想當然耳，會禁止羅潔梅茵帶著貴族近侍進入中央神殿；而神殿內的侍從，會挑選自中央神殿的灰衣神官及灰衣巫女。

Q 傑瓦吉歐殺了艾格蘭緹娜半數的護衛騎士，那他會因此遭到懲罰嗎？還是說因為登記證已經被銷毀了＝諸神看不見他的存在（根據爺爺大人的發言），所以並未對他降下責罰？

A 原本應該會受到被諸神收回加護與思達普的處罰，但因為傑瓦吉歐從未舉行過加護儀式，也已經失去了思達普，所以並未遭到懲處。

Q 第五部X寫到，斐迪南在中央神殿銷毀了傑瓦吉歐的登記證，並且回收了以國王身分遷往蘭翠奈維的人的登記證。這意思是說傑瓦吉歐還不是蘭翠奈維的國王，而是類似於所謂的皇太子嗎？

A 不是的。所有阿妲姬莎離宮出身、遷往蘭翠奈維的人，都是以國王的身分前往。

Q 傑瓦吉歐為何沒有被金色蘇彌魯排除，能夠到達艾爾維洛米身邊？想知道他與雖然具有資格，但因為魔法陣並未發動，所以被趕回去的斐迪南有什麼不同？另外，如果他在危險思想這一關也沒有被排除的話，那與過去曾被排除的加藍索克又有什麼不同？

A 因為魔法陣已經由羅潔梅茵發動了，艾爾維洛米正等著她完成梅斯緹歐若拉之書回來，所以並未關閉。另外，其實傑瓦吉歐也不具有危險思想。他並不渴望戰爭的發生，只是希望蘭翠奈維人也能在尤根施密特有個棲身之所，為此才想成為君騰，所以沒有任何因素會讓金色蘇彌魯將他排除。

Q 傑瓦吉歐取得梅斯緹歐若拉之書後，似乎馬上就能看懂古文，他是用什麼方法學會古文的呢？

A 他在阿妲姬莎離宮與在蘭翠奈維都學習過。蘭翠奈維國內，杜爾昆哈德曾留下許多古語文書，都是抄寫自他所持有的梅斯緹歐若拉之書。因此，學習古文是蘭翠奈維國王的必備技能。

Q 傑瓦吉歐似乎擁有出類拔萃的實力，那麼與過往的君騰相比呢？

A 如果實力單純是指魔力量的話，那麼他的魔力量比平均值要高。但論武力的話，倒是普普通通。

Q 第五部X的君騰競賽一開始，傑瓦吉歐在被斐迪南以水槍射傷之後，明明喝了回復藥水，傷口卻花了不少時間才癒合。這其中有什麼理由嗎？

A 因為那是穿刺傷，並不是只傷及表面而已。另外，也是因為回復藥水的配方是在貴族院上課習得的，所以效果比較慢。如果飲用的不是亞絲娣德他們照著上課所做的回復藥水，而是斐迪南特製的超級難喝藥水，癒合速度就會快得多。

Q 賽拉迪娜、傑瓦吉歐與瓦拉瑪莉娜各自生物學上的父親是誰？

A 賽拉迪娜是旁系王族，傑瓦吉歐是前任君騰，瓦拉瑪莉娜是奧伯・孛克史德克。

Q 瓦拉瑪莉娜的容貌、髮色與瞳色，和兄姊相似嗎？

A 並無相似之處。

Q 漫畫揭示了前任君騰的第三夫人（特羅克瓦爾的母親）是哈夫倫崔出身，那其他夫人又是哪些領地出身的呢？

A 第一夫人是旁系王族，第二夫人是孛克史德克。

Q 對於艾格蘭緹娜向羅潔梅茵獻名，奧伯・戴肯弗爾格有什麼想法？他也不認為強迫他人獻名是對的，但仍然贊同有這麼做的必要嗎？

A 他雖然覺得這麼做不好，但能夠理解這也無可奈何。因為談話期間，可以看出王族與斐迪南還有羅潔梅茵的關係並不好。與其簽訂魔法契約，獻名更有利於及時因應。

Q 繼承儀式上，漢娜蘿蕾曾提到過「伯父大人與叔父大人」。這也就是說，威迪克拉夫是次男囉？那麼他會成為奧伯，果然決定性的關鍵是魔力量嗎？或者他是靠迪塔打贏了其他兄弟？

A 威迪克拉夫是次男沒錯。理由是他的迪塔實力最強，也最獲騎士們支持。長男對於迪塔沒有那麼強烈的興趣。

Q 威迪克拉夫與瑪格達莉娜是同母兄妹？還是異母兄妹？

A 同母兄妹。

Q 參加真正的迪塔時，漢娜蘿蕾各帶了幾名護衛騎士、侍從與文官同行？

A 隨行的近侍只有已經成年的護衛騎士而已，所以共四人。

Q 在亞倫斯伯罕的城堡裡，曾由菲亞吉黎為羅潔梅茵梳裝打扮，那麼漢娜蘿蕾在艾倫菲斯特參加慶功宴時，也是由艾倫菲斯特的侍從幫她梳裝打扮嗎？

A 由城堡的侍從負責。

Q 愛茵麗芙與漢娜蘿蕾的感情好到像姊妹一樣嗎？

A 不到像姊妹一樣的程度，但確實感情很好。

Q 戴肯弗爾格的現任奧伯．威迪克拉夫大人與齊格琳德大人似乎是從小吵到大的青梅竹馬，那藍斯特勞德與愛茵麗芙又是怎樣的關係呢？

A 是相處起來很輕鬆自在的青梅竹馬。跟威迪克拉夫與齊格琳德那種一見面就會吵吵鬧鬧的類型不同，屬於彼此會背靠對方，各自有著不同的喜好與目標，卻能互相截長補短，也懂得對方極限的類型。

Q 愛茵麗芙應該是與領主十分親近的家系，那麼她的髮色與瞳色，也是領主一族中常見的粉色頭髮與紅眼嗎？既然是戴肯弗爾格的上級文官，那她也是尚武的文官，身材比較壯碩結實嗎？想要想像她從秘密房間裡揪出藍斯特勞德的畫面，所以請務必告知。

A 愛茵麗芙是金髮紅眼，但並非是尚武的文官，體型也稱不上壯碩結實。而且戴肯弗爾格出身的妻子，需要做的是巧妙引導那些老是想比迪塔的騎士。再來很遺憾，她並不是那種會用蠻力將藍斯特勞德從秘密房間裡揪出來的類型，採用的是笑容與眼淚攻勢。正因她的作風與母親太過不同，藍斯特勞德也不好太過視若無睹，最終都會無可奈何地起身。

Q 雖說是下任奧伯，但和一個整天埋頭畫畫的男人訂下婚約，愛茵麗芙是否大失所望呢？而且完全想像不出藍斯特勞德邀請她去涼亭，或者說些甜言蜜語的樣子，那該不會都已經訂婚了，還是對愛茵麗芙不聞不問吧？

A 她不至於大失所望喔，只會覺得「嗯，如我所料」。況且就算訂了婚，兩人的互動還是和以前沒有兩樣。甚至藍斯特勞德至今從來沒有過追求的舉動，所以愛茵麗芙收到髮飾的時候還很驚訝。

Q 愛茵麗芙應該已經作好了往後會降為第二夫人的心理準備，但她也會希望運氣好的話，能像齊格琳德大人那樣繼續當第一夫人嗎？對她來說，當第二夫人有什麼好處嗎？

A 決定訂婚之際，她也只是覺得「嗯，如我所料」。畢竟這是雙方父母決定的政治聯姻，而且與他領的交流，對於上級貴族來說也有些負擔太大，所以她對於第一夫人之位並不執著。既然是為了領地而定的婚事，她也知道藍斯特勞德都在畫艾格蘭緹娜與羅潔梅茵，所以戀愛這方面上對他並不抱有期待。

Q 羅潔梅茵的護衛騎士中，有人與克拉麗莎交手會打不贏嗎？比如達穆爾與優蒂特果然會比較吃力？

A 要看以什麼決勝負而定。如果是對上柯尼留斯與安潔莉卡，克拉麗莎的勝率極低；若是萊歐諾蕾、馬提亞斯和勞倫斯，勝率是一半一半；但如果能用近身戰對付優蒂特，則能大獲全勝；達穆爾是基本上可以打贏，但偶爾會莫名其妙地落敗。

Q 克拉麗莎有兄弟姊妹嗎？

A 有。

Q 最初將圖魯克與銀布送到喬琪娜手中的人，在蘭翠奈維國內是什麼身分？還有想問契機為何，以及喬琪娜是從何時開始與蘭翠奈維有這方面的交易往來？

A 政變時，眼看第四王子很有可能落敗，亞倫斯伯罕前任領主的第二夫人為了自保，於是要求蘭翠奈維的商人除了辛香料外，也帶來一些或許能在政變期間派上用場的藥物和武器。因為第一夫人的職責就是與他領交流和交涉，第二夫人則是負責領地的各種內部事務。然而在那些物品送達以前，第四王子就落敗了。李克史德克出身的第二夫人受到了嚴格監視，最終慘遭肅清波及。因此，處理領內事務的職責便落到了當時還是第三夫人的喬琪娜頭上，而第二夫人吩咐過的東西也送到了喬琪娜手中。得到了即死劇毒與圖魯克後，她開始與商人往來。

Q 勞布隆托在調查表揚儀式的襲擊事件時，喬琪娜為什麼會想與他接觸？

A 其實是喬琪娜試圖使用圖魯克，好操控中央騎士團去攻打艾倫菲斯特，但在阿妲姬莎離宮當過護衛騎士的勞布隆托察覺了圖魯克的存在，便去質問她是如何取得。兩人因此接觸、聯手。

Q 喬琪娜培養了身蝕士兵與自己的替身，那麼她是從哪裡取得這種知識，才能製作出與自己擁有相同魔力的替身？她又是從什麼時候開始做準備的？

A 這項知識是從蘭翠奈維那裡取得，還運用了曾在阿妲姬莎離宮裡使用的藥物。同時也是喬琪娜自己的研究成果。她花了約莫十年的時間，鑽研蘭翠奈維的藥物可以如何運用並且進行實驗，但一直到第三部Ⅳ收到拜瑟馮斯的遺物信件以後，才開始萌生奪取艾倫菲斯特基礎魔法的念頭，所以大概準備了五年半的時間。

Q 得知拜瑟馮斯被處刑後，喬琪娜也像憎恨齊爾維斯特那樣，憎恨著羅潔梅茵嗎？

A 沒有。因為在前任神殿長與薇羅妮卡失勢一事上，出現在檯面上的人物只有齊爾維斯特、斐迪南，以及人在現場的卡斯泰德而已，她並不知道此事也有羅潔梅茵的參與。而且，就算向與戈雷札姆等人往來密切的青衣神官們打探消息，多半也只會收到這樣的回覆：他們知道前任神殿長意圖將一名平民見習青衣巫女賣往他領，結果神殿內部因此發生打鬥事件；而當時他們都躲在房內，以免被打鬥波及，事後才得知神殿長已經被騎士帶走，並且遭到處刑；最後，突然由成為領主養女的羅潔梅茵接任神殿長一職……就像這樣，喬琪娜並不會得到正確的資訊。

Q 身為奧伯．亞倫斯伯罕的格傑弗里德對於喬琪娜在暗地裡採取的行動，究竟有怎樣的想法呢？

A 暗地裡採取的行動是指什麼呢？表面上，喬琪娜不僅向艾倫菲斯特的神殿提出了請求，為孛克史德克的小聖杯盈滿魔力，因此得到貴族們的支持；她還介紹了可以代替蒂緹琳朵處理公務的優秀女婿，幾經周旋請國王定下了婚事；更與蘭翠奈維的商人加深交流……在奧伯看來，她是非常優秀的妻子喔。

Q 關於愚蠢又可憐的蒂緹琳朵。要是事情真如傑瓦吉歐與勞布隆托所願的發展，最終她會有怎樣的下場？

A 一旦看到傑瓦吉歐手中的古得里斯海得，她肯定會嚷嚷著：「我才是君騰！那是我的！」然後伸長了手想搶過來，結果當場命喪在勞布隆托手中吧。

Q 蒂緹琳朵近侍中的法緹亞因為一年以後要結婚，所以早就預計要辭去近侍的職務，那她是否剛好躲過一劫，沒有與主人一起淪為罪犯？

A 是的。她在冬季的社交界結束後便辭去近侍一職，前往未婚夫的所在，因此逃過一劫。然而，由於她曾擔任過罪犯的近侍，加上舊孛克史德克的貴族雙親也參與了攻打艾倫菲斯特一事，所以男方已經解除婚約。

Q 第五部XI這時候，萊蒂希雅身邊的近侍中，還各有幾名文官、護衛騎士與侍從？

A 如果是指蘭翠奈維討伐戰過後還活著的近侍，共有兩名文官、四名護衛騎士與三名侍從。但剩下將近一半的近侍人數後，很難完成斐迪南所下達的命令，所以已經再招納了五名新近侍。

Q 賽吉烏斯的第一夫人還健在嗎？忍不住會想像她是不是也落到了和璐思薇塔他們一樣的境地。

A 雖然不知道和璐思薇塔他們一樣的境地是指什麼，但第一夫人還健在喔。

Q 第五部XI之後，傅萊芮默的下場如何？

A 她是侵犯艾倫菲斯特的主謀之一，所以已經確定要被銷毀思達普，送往他領。

Q 看到斐迪南能夠發動轉移陣，羅潔梅茵的近侍們與亞倫斯伯罕的貴族作何感想？

A 沒有上過領主候補生課程的人，並不會為此感到驚訝或慌張。更何況舊亞倫斯伯罕的貴族中，曾上過領主候補生課程的人已經一個也不在了。

Q 關於在供給室裡向斐迪南下毒的萊蒂希雅與其近侍們。雖然說不知情，但沒有看出萊蒂希雅帶了即死劇毒進去的賽吉烏斯與休特朗，事後有什麼罪名或處罰嗎？

A 後來因為經歷了蘭翠奈維討伐戰與格拉罕之戰，還要應付戴肯弗爾格的騎士們，他們已經功過相抵，所以只被處以輕微的罰金。雖說不能完全沒有處罰，但因為目前能夠信任的貴族太少，不可能解除所有人近侍的職務。

Q 《Fanbook7》的Q&A說過，在第五部Ⅷ的〈選擇〉裡，斐迪南向艾克哈特下達的命令是「把礙事的人都除掉」，具體來說礙事的人有誰？

A 無法具體回答，因為沒有特意為每個人想好名字。總而言之，就是斐迪南要為亞倫斯伯罕收拾善後時，以及羅潔梅茵日後要進行治理時會礙事的人。基本上都是亞倫斯伯罕領主一族的旁系與上級貴族，權大勢大、擁有眾多支持者，而且明明與喬琪娜以及蒂緹琳朵有所勾結，卻沒有留下任何犯罪鐵證。一共有好幾個人，當中羅潔梅茵見過面的只有奧蕾麗亞的父親。

Q 這次的蘭翠奈維之亂，布拉修斯的兄弟是否也參與其中？

A 一直以來他對蒂緹琳朵的看法如下：「別再說什麼想當下任君騰的夢話了，快點善盡奧伯本分，好好處理公務吧。」與此同時也覺得喬琪娜很可疑，所以選擇保持距離。並且因為不想被喬琪娜盯上，並未站到斐迪南這一邊。若要建立亞歷山卓，這號人物將是礙事者之一，所以蘭翠奈維討伐戰期間，已經趁著混亂的局面將其鏟除。

Q 第五部XI的特典短篇中，奧伯．多雷凡赫是真的想讓奧爾特溫入贅成為羅潔梅茵的第一配偶，或是艾格蘭緹娜的第二配偶嗎？難道都沒有考慮過斐迪南與亞納索塔瓊斯的感受嗎？

A 既然是政治聯姻，領地的利益才是首要。就和要迎娶第二夫人與第三夫人時，比起第一夫人的感受，更以利益為先是一樣的。奧伯．多雷凡赫既未參與先前的談話，當下也認為比起女神化身的羅潔梅茵與新任君騰的艾格蘭緹娜，沒有其他更能帶來益處的聯姻對象。如果有機會拿下第二、第三配偶的位置，當然要去爭取。

Q 近年來亞倫斯伯罕明顯衰退沒落，領主一族又相繼離奇身亡，感覺就非常可疑。萊蒂希雅的父母會不會很後悔送她來當養女？

A 當然。正因如此，他們才強烈要求特羅克瓦爾讓萊蒂希雅成為下任奧伯，也希望錫爾布蘭德入贅，更大力支持斐迪南入贅與擔任指導人員。

Q 萊蒂希雅的父親與奧伯．多雷凡赫是怎樣的關係？

A 兩人是異母兄弟，從前一起競爭過奧伯之位。

Q 萊蒂希雅母親的處境似乎不妙。如今亞倫斯伯罕成了廢領地，那麼她會遭到怎樣的對待？

A 萊蒂希雅母親的處置全由奧伯．多雷凡赫定奪。

Q 蕊兒拉娣已經成功實現心願，嫁入艾倫菲斯特了嗎？

A 她尚未與任何人訂下婚約。

Q 蕊兒拉娣寫的戀愛故事（羅潔梅茵×斐迪南）原稿去哪裡了？

A 那不是羅潔梅茵×斐迪南的故事，而是梅斯緹歐若拉×艾爾維洛米的故事。慶功宴上，艾薇拉已經將剛印好的熱騰騰新書交給漢娜蘿蕾了。實際開始販售，則要等到領主會議之後。

Q 一年級的全領地茶會上，艾格蘭緹娜為羅潔梅茵介紹了許多朋友，為什麼隔年開始她卻只與阿道芬妮有交流呢？

A 因為不可能把發生在貴族院的所有事情都寫出來，所以就算故事裡是直接跳到幾天後，但其實中間那段時間也是有社交活動的喔。比如她會與夏綠蒂一起出席茶會，和同桌的人交流；而有些人雖然經由艾格蘭緹娜作介紹，但因為會說艾倫菲斯特的壞話，便放棄了與其深交。只是因為對本傳故事的推動和今後的發展沒有幫助，所以那些沒有必要的描寫就省略了。

Q 斐迪南在當時可以說是唯一的一名君騰候補，卻與擁有異世界記憶的梅茵在神殿裡相遇，這是偶然嗎？

A 從故事來看是必然。

Q 梅茵／羅潔梅茵如果沒有身蝕，還會製作書籍嗎？

A 書是生活必需品，要是買不到，那就只能自己做了吧？跟她是不是身蝕無關。但若不是身蝕，她也不會成為貴族，而會以平民的身分製作書籍吧。若是生為貴族，由於一出生身邊就有書，大概也不會想到要自己製作……不對，多半會因為數量太少，便仗著貴族的權力要其他人製作。

Q 老師以前說過，在構思這個故事的時候，曾經考慮過由神官長擔任反派的版本。那麼梅茵會時不時認定神官長是邪惡的大壞蛋，是因為這個設定的殘留嗎？

A 不是的。如果一條條地列出斐迪南的所作所為，從一般人的角度來看，其實有不少都是壞蛋才會做的事情喔。

Q 老師為什麼將斐迪南與羅潔梅茵設定成差了十三歲（對外是十四歲）呢？故事最一開始的時候，梅茵以五歲的幼齡登場，七歲時遇見二十歲的斐迪南，最終與他訂婚，還與他一起引來了冬天提早降臨的誤解。對於兩人的年紀差距這麼大，老師心裡不會有糾結嗎？

A 因為為了推動劇情，這是最妥當的安排。如果既要能與諸神分庭抗禮，又要有老奸巨猾的政治手腕，能讓王族與大領地閉上嘴巴，那麼至少得有這些經歷過往，才有辦法應付羅潔梅茵惹出的種種麻煩。我並不是一開始就設定好了年齡差距，而是在逐一完善細節的設定後，最終發展成這樣的差距。而且羅潔梅茵有麗乃那時候的記憶，所以她若視同齡的人為戀愛對象，我反倒覺得奇怪。再者設定上尤根施密特是十五歲成年，故事也不是以現實世界為背景。即便提到閨房之事，也都是用冬天降臨這種隱晦的表現。不僅沒有過對閨房之事的描寫，甚至直到本傳完結也沒有出現過接吻的場景，所以我想不到有任何需要糾結的地方。

Q 故事裡完全沒有出現過梅茵以外的前世記憶者留下的異世界知識，這是為什麼呢？

A 我本來就不打算讓梅茵以外的前世記憶者在故事裡登場，所以沒有必要特別加入這些無意義的橋段。況且有前世記憶的人，未必就是現代日本人；即便他們出現過，也不一定會留下顯而易見的知識與事蹟。甚至即使製鐵技術與玻璃加工技術都是前世記憶者在過去所帶來的，但只要梅茵沒有意識到那是在過去被引進來的異世界知識，故事的發展過程中就不會出現其他有前世記憶的人。我也不打算去細寫這件事。

Q 以《戀愛故事》得到無數女性支持的艾蘭朵拉老師、以《迪塔故事》頗負盛名的修伯特老師，還有以《小書痴的下剋上》在許多榜上都名列前茅的香月老師，如果以銷量來排名的話，會出現怎樣的名次呢？

A 第一名會是我吧。雖然書本的價格比較不利，但因為分別有小說、漫畫與Junoir文庫，還分成了紙本書和電子書，出版類型豐富多樣，再加上國外還有翻譯版本，所以讀者人數有明顯的差距。第二名則是艾蘭朵拉老師。因為出版的冊數較多，目前相比起修伯特老師是遙遙領先。但修伯特老師所寫的迪塔故事十分暢銷，未來可期。畢竟艾蘭朵拉老師的戀愛故事是合著，獲利也要分攤，所以由修伯特老師獨力完成的故事若是持續暢銷，說不定能後來居上。

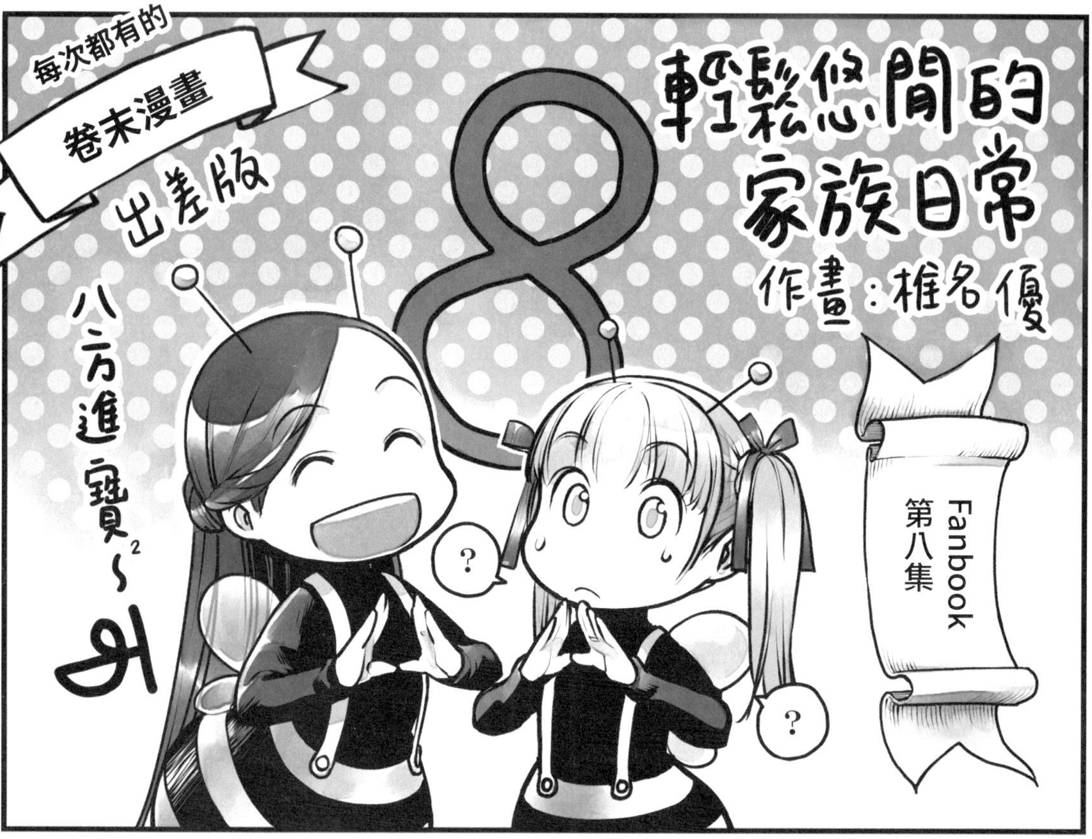

註2：日語的「八」與「蜂」同音，因此兩人才會打扮成蜜蜂。

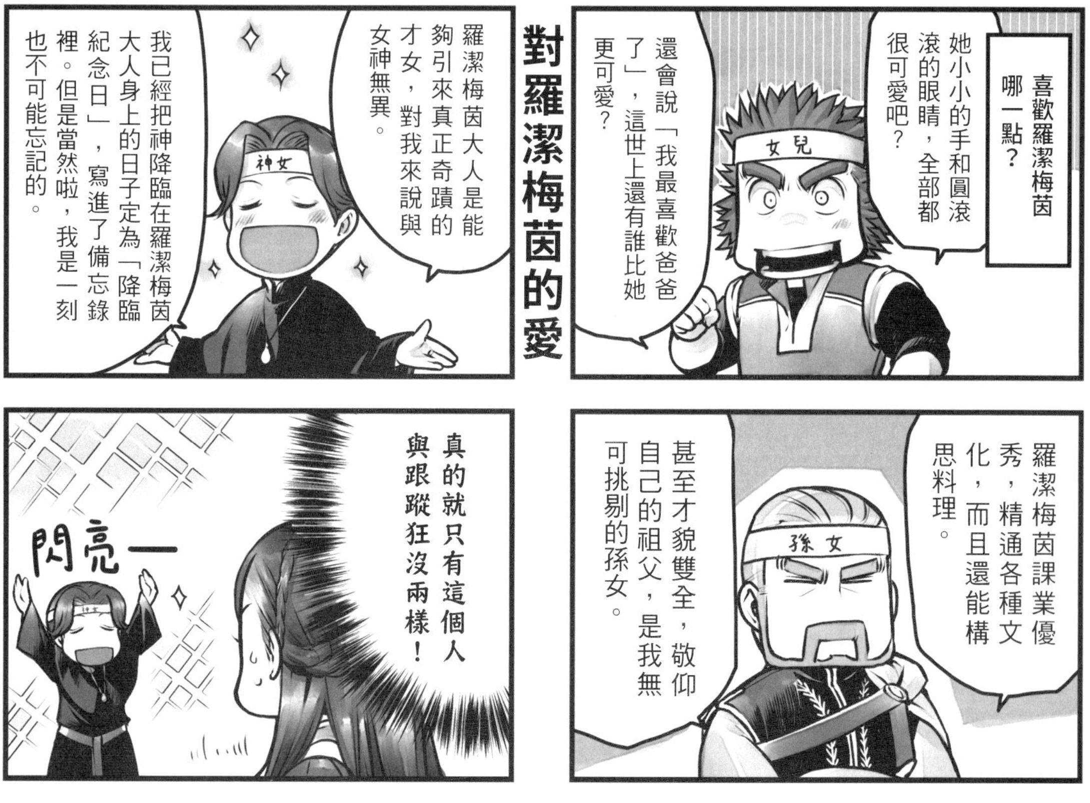

跑得快

我看妳似乎很喜歡吃魚。
在我之前的記憶裡，吃過很多海鮮喔。
白肉魚的味道比較清淡，像是比目魚和鯛魚；
紅肉魚有鮪魚、鰹魚和鯖魚，油脂豐富，非常好吃。
啊，不過，鯖魚跑得很快3，
所以最好就近在漁港吃喔。
……妳真的是在說魚嗎？
煮成味噌口味很好吃喔。

註3：日語的「跑得快／足が速い」在這裡指的是腐壞速度很快。

說話不算話

我畫好自己理想中的圖書之都了！
圖
大圖
圖
圖
正中央是大圖書館，旁邊是第一到第三圖書館，後面則是印刷裝訂工坊。然後大圖書館裡面會有我的寢室。啊，斐迪南大人的研究室在這裡喔。
圖
城堡
研

作者群留言板

香月美夜

Q&A的數量真是一年比一年驚人。「小說完結的隔年還會再推出《Fanbook》嗎？」「已經排進出版計畫裡了喔。」……不知道明年的數量又會是多少。

椎名優

《Fanbook》終於出到第八集了。是有著繁榮昌盛之意的吉祥數字八。再過不久，本傳最後一集與畫集即將雙雙上市，同樣也請各位多多支持指教～

鈴華

恭喜第五部完結！就連我也跟著感慨萬千呢。香月老師、椎名老師，辛苦了！而這次的全新短篇，是在畫第二部本傳漫畫時不能畫出來的內容（因為會劇透）。希望這幕後的小小插曲能讓大家看得開心。

波野涼

恭喜《Fanbook 8》出版上市！畫小刀的時候，讓我想起了從前用傳統方式貼網點的那段時光，不禁有些懷念呢。

勝木光

《Fanbook》來到第八集了！恭喜恭喜。這次的全新短篇畫了貴族院一年級生外傳的其中一幕場景。因為曾經想畫，卻只能不情不願地放棄，所以能在這裡多少畫點出來真是太好了。

皇冠叢書第5221種
mild 908

小書痴的下剋上FANBOOK 8
為了成為圖書管理員不擇手段！

本好きの下剋上
司書になるためには
手段を選んでいられません
ふぁんぶっく8

FANBOOK 8

國家圖書館出版品預行編目資料

小書痴的下剋上FANBOOK. 8, 為了成為圖書管理員不擇手段! / 香月美夜著；椎名優繪；鈴華, 波野涼, 勝木光 漫畫；許金玉譯. -- 初版. -- 臺北市：皇冠文化出版有限公司, 2025.04
面；　公分. -- (皇冠叢書；第5221種)(mild；908)
譯自：本好きの下剋上ふぁんぶっく：司書になるためには手段を選んでいられません. 8
ISBN 978-957-33-4274-8 (平裝)

861.57　　114002797

作者—香月美夜
插畫—椎名優
漫畫—鈴華、波野涼、勝木光
譯者—許金玉
發行人—平　雲
出版發行—皇冠文化出版有限公司
臺北市敦化北路120巷50號
電話—02-27168888　郵撥帳號—15261516號
皇冠出版社（香港）有限公司
香港銅鑼灣道180號百樂商業中心19字樓1903室
電話—2529-1778　傳真—2527-0904
總編輯—許婷婷　責任編輯—張懿祥
責任主編—蔡承歡　美術設計—嚴昱琳
行銷企劃—謝乙甄
著作完成日期—2023年　初版一刷日期—2025年4月

法律顧問—王惠光律師

讀者服務傳真專線—02-27150507　電腦編號—562059
ISBN 978-957-33-4274-8
Printed in Taiwan
本書特價—新台幣299元/港幣100元

「小書痴的下剋上」中文官網　www.crown.com.tw/booklove
「小書痴的下剋上」粉絲專頁　www.facebook.com/booklove.crown
皇冠讀樂網　www.crown.com.tw
皇冠 Facebook　www.facebook.com/crownbook
皇冠 Instagram　www.instagram.com/crownbook1954/
皇冠蝦皮商城　shopee.tw/crown_tw